D0481014

COLLECTION FOLIO

Isabelle Eberhardt

Amours nomades

Nouvelles choisies

Texte établi par
Marie-Odile Delacour et Jean-René Huleu

ÉDITION PRÉSENTÉE ET ANNOTÉE
PAR MARTINE REID

Gallimard

Ces nouvelles ont été précédemment publiées
aux Éditions Joëlle Losfeld.

© *Éditions Gallimard, 2003, pour l'établissement du texte, et 2008,*
pour la présente édition.

PRÉSENTATION

Isabelle Eberhardt habillée en Bédouin, chapelet dans la main gauche, fez planté sur des cheveux coupés ras, regard fuyant, lèvres boudeuses. On compte plusieurs photographies où elle figure dans ce costume : la plus ancienne date de l'époque où, encore en Suisse mais rêvant déjà de quelque pays lointain, elle lit les romans de Pierre Loti ; un peu auparavant elle a posé en matelot, béret du *Vengeance* vissé sur le crâne. Nulle trace de défi dans son regard, aucune posture d'amazone ou de guerrière. Il se dégage de ces photos d'une très jeune fille, à l'allure d'adolescent timide embarrassé de lui-même, une tristesse indéfinissable. Autant de déguisements successifs pour qui semble afficher surtout le lourd sentiment de n'être personne, de n'être de nulle part.

Sa mère a six enfants déjà quand Isabelle vient au monde en 1877. Natalia Nicolaïevna Eberhardt est russe d'origine allemande, comme l'était son mari, le général de Moerder, mort quelques années auparavant. Grandes familles et belles alliances sous l'œil bienveillant du tsar, hiver à Moscou, été à la campagne en vaste datcha, ribambelle de servantes, nounous et marmots jusqu'au jour où la santé de leur troisième enfant, Nicolas, nécessite un séjour dans un climat plus clément. Les deux aînées restent à Moscou avec leur père, les trois autres enfants prennent la route de la Suisse avec leur mère, enceinte, accompagnée du précepteur Alexandre Trofimovski, solide Ukrainien à l'érudition étourdissante. Augustin naît à Montreux en 1871. Le général meurt deux ans plus tard sans avoir revu sa famille. Curieusement, après un bref séjour en Russie pour régler ses affaires, Mme de Moerder revient en Suisse. Le précepteur est un amant comblé mais discret jusqu'à la naissance d'une fille, qui reçoit le prénom d'Isabelle, le nom de sa mère et est officiellement déclarée illégitime. Trofimovski achète alors une maison à la campagne à quelques kilomètres de Genève et s'y installe avec la mère et ses cinq enfants. À la Villa Neuve, il continue de se charger de leur éducation, leur apprend les langues anciennes, le russe et le français, la botanique et la géographie, tandis que Mme de Moerder reçoit des émigrés russes et étrangers, et beaucoup de correspondance du pays qu'elle a quitté. C'est ici que se termine un roman à la Tchekhov et qu'en débute un autre, plus voisin de Dostoïevski.

Les vingt-sept années pendant lesquelles vécut Isabelle Eberhardt comptent une succession d'événements compliquant jusqu'au vertige sa brève existence. En cette fin de siècle, le climat politique de l'Europe s'est singulièrement détérioré. À la grande consternation de ses habitants, la Suisse a vu débarquer sur son territoire des « visiteurs » venus de Turquie ou de Russie, des « étudiants » arméniens, tunisiens, macédoniens ou grecs, têtes chaudes qui rêvent de refaire le monde aux couleurs de l'anarchie ou du socialisme et d'éliminer les tyrans de tous ordres. La police a fort à faire. Avec bien d'autres, les habitants de la Villa Neuve sont surveillés et régulièrement soumis à quelque tracasserie administrative. La bonne société genevoise leur a tourné le dos ; les parents russes ont fait connaître leur mépris devant la conduite scandaleuse de la veuve du général de Moerder. Isabelle grandit dans une atmosphère de suspicion et d'inquiétude continuelles, de choses tues ou dissimulées, de haine profonde aussi, de la part des enfants légitimes, à l'égard d'un précepteur tenu pour responsable de tout, déshonneur, mécomptes financiers, isolement profond loin de l'école et de la ville, fréquentations douteuses.

Les conséquences de cette situation familiale singulière seront calamiteuses : Nicolas disparaît sans prévenir personne (on saura plus tard qu'il s'est fait enrôler dans la Légion étrangère, qu'il a été envoyé en Algérie, puis en Indochine, et qu'il a déserté en route) ; c'est ensuite au tour de sa sœur Natalia (elle s'enfuit avec son jeune amant) ; puis, en 1894, Augustin quitte la maison en secret (il s'enrôle lui aussi dans la Légion étrangère, gagne l'Algérie, puis se trouve réformé pour des raisons de santé ; il se suicidera en 1920). Restent Wladimir et Isabelle. Le discret « Volodia » se suicide en 1898 ; quant à l'enfant bâtarde, elle n'aura pas assez de sa courte vie pour tenter d'échapper à ce qu'elle est et n'est pas. Nationalité, nom, sexe, tout semble faire problème chez cette jeune Russe sans Russie (elle ne connaîtra jamais le pays dont elle parle la langue), qui ne porte pas le nom de son père et se ressent durement de sa naissance (Trofimovski est là pourtant, il vit avec sa mère et assure son éducation), chez cette fille qui se veut garçon, matelot, Bédouin, nomade de toutes les façons : « J'ai renoncé à avoir un coin à *moi*, en ce monde, un *home*, un foyer, la paix, la fortune. J'ai revêtu la livrée, parfois bien lourde, du vagabond et du sans-patrie », notera-t-elle dans *Mes journaliers*, à la date du 18 janvier 1900.

Adolescente, Isabelle Eberhardt se jette dans le mensonge et la mystification avec une énergie rare. Elle entre en correspondance avec un inconnu qui a placé une annonce dans un journal, avec un jeune marin, avec quelques érudits russes et arabes (parmi lesquels l'Égyptien Abou Naddara, le Tunisien Ali Abdul Wahab). Leur dénominateur commun ? Tous lui apportent des nouvelles du monde arabe, lui décrivent par le menu cet Orient mythifié par Fromentin et Loti. Ces érudits, spécialistes de langue et de littérature arabes, jugent des premières traductions de la jeune autodidacte (du russe en arabe) et l'aident à publier ses premiers textes (en français), ceux dans lesquels elle décrit avec justesse un univers qu'elle ne connaît pourtant que par ses lectures, qu'elle n'a encore vu que par leurs yeux. Auprès de ses correspondants, Isabelle Eberhardt se fait passer tantôt pour un jeune matelot, tantôt pour un *taleb* ou un jeune homme soucieux de s'illustrer par la traduction et la fiction. Elle signe Nicolas Podolinsky, Mahmoud Saadi. Il lui arrive aussi de se dédire, de se déclarer fille de feu le général de Moerder, ou alors enfant de l'adultère, du viol. Autres vies, autres identités, autres histoires que celles qui, pour être véritables, n'en sont pas moins jugées inavouables.

Deux de ses frères sont partis pour l'Algérie, sans doute, mais cela n'explique pas pourquoi Isabelle Eberhardt décide d'apprendre l'arabe et sa calligraphie, d'apprivoiser par correspondance un fascinant « ailleurs », puis de se rendre en personne en Afrique du Nord, d'abord en compagnie de sa mère pour un séjour à Bône (Annaba), sur la côte algérienne, où elle se convertit à la religion musulmane, ensuite seule, menant une vie compliquée, fantasque, instable, à l'image de celle qu'elle a connue pendant son enfance. Dans un premier temps, le monde arabe semble faire office d'espace fantasmatique grâce auquel jeux de rôles, pseudonymes et déguisements vont prendre sens ; c'est après seulement, une fois qu'il aura été apprécié en toute connaissance de cause, qu'il permettra le retour paradoxal du vrai sous une forme différente. Connaissant enfin en Algérie l'entière liberté d'être soi, c'est-à-dire *autre*, nomade-Bédouin, Isabelle Eberhardt sera plus tard la femme comblée de Slimène Ehnni ; elle sera reporter pour l'hebdomadaire *Akhbar* et pour *La Dépêche algérienne* ; elle portera le nom qu'elle voudra et saura faire apprécier son excellente connaissance du milieu dans lequel elle évolue. Mais avant cela, que de détours encore, que de complications ! « La chose la plus difficile, la seule difficile peut-être, est de *s'affranchir* et encore bien plus de *vivre libre* » (*Mes journaliers*, 25 décembre 1902).

Le leurre de la colonisation a rendu le monde arabe presque familier alors qu'il demeure parfaitement étrange, radicalement différent et ne se laisse découvrir que par qui a pris la peine de l'apprendre en s'en imprégnant, lentement et longuement. C'est

le parti pris par Isabelle Eberhardt, qui se familiarise peu à peu avec les mœurs et les dialectes des
régions qu'elle parcourt : la côte algérienne d'Oran
à Bône, les hauts plateaux, l'Atlas saharien, l'Aurès,
le Souf, mais aussi le sud-ouest du Maroc et l'est de
la Tunisie. Avec Alexandra David-Néel qui visite le
Tibet et se convertit au bouddhisme, Odette du
Puigaudeau qui parcourt la Mauritanie « pieds
nus », Ella Maillart qui arpente l'Asie, ou Annemarie Schwarzenbach qui se rend en Afghanistan, elle
est l'une des premières femmes du XXᵉ siècle à goûter seule les plaisirs du voyage. À pied ou à cheval,
elle suit les caravanes, se fait parfois escorter d'une
ville à l'autre par quelque militaire français, séjourne à Alger et à Tunis, à Batna, Biskra, El
Oued, plus tard à Aïn Sefra, et passe à peu près inaperçue dans son costume de Bédouin. « Un droit
que bien peu d'intellectuels se soucient de revendiquer, c'est le droit à l'errance, au vagabondage. [...]
Pour qui connaît la valeur et aussi la délectable saveur de la solitaire liberté (car on n'est libre que
tant qu'on est seul), l'acte de s'en aller est le plus
courageux et le plus beau. [...] Être seul, être pauvre
de besoins, être ignoré, étranger et chez soi partout,
et marcher, solitaire et grand à la conquête du
monde » (*Heures de Tunis*, 1902). La voyageuse, on
le voit, emploie toujours le masculin pour se désigner, ses notes personnelles ne font pas exception
sur ce point.

D'une profonde sympathie pour une culture très
ancienne que la colonisation vient bousculer sans
ménagement va résulter une production nombreuse,
principalement composée de journaux et de brèves
nouvelles, partie cachée d'une œuvre qui ne verra

vraiment le jour qu'après la mort de son auteur. Du vivant d'Isabelle Eberhardt, seuls paraîtront quelques nouvelles dans des revues parisiennes, quelques chroniques dans la presse, quelques reportages aussi, notamment sur les combats engagés à la frontière marocaine, dans lesquels elle prend parti sans doute possible pour la population locale. La femme nomade ne l'ignore pas, errance et vagabondage se font dans un pays en guerre continuelle avec la puissance qui l'a conquis. Après l'insurrection de l'Aurès en 1879, après celle du Sud oranais qui a inspiré quelques pages terribles à Maupassant en 1881, c'est à présent au tour du sud de l'Algérie de devenir « dangereux ».

Dans ses notes et journaux, dans les récits qui constituent ses quelques volumes de prose, Isabelle Eberhardt livre de vifs tableaux du Maghreb ; des histoires vécues ou entendues en Algérie et en Tunisie renaissent sous sa plume avec une grande précision. Descriptions et portraits font image. À la manière des clichés photographiques de l'époque, ils immortalisent un monde en train de disparaître, le figent dans une sorte d'intemporalité. La langue est nette, le regard incisif et chaleureux, définitivement acquis à la vie de « là-bas ». Les expériences personnelles, les amours rapportées dans les nouvelles sont heureuses ou tragiques, douces ou violentes, mais toujours Isabelle Eberhardt réussit à célébrer l'immémoriale beauté du milieu dans lequel elles se passent, attentive à rendre les bruits, les odeurs, les couleurs et les saveurs qui le caractérisent, soucieuse de peindre au plus près, au plus juste le peuple arabe, ces « indigènes » habitant l'oasis ou le *bled*, le désert ou la *casbah*, « mon peuple à moi » (lettre à Ali Abdul Wahab, 1er juillet 1897). Si elle est inspirée par l'orientalisme en vogue depuis le début du siècle, l'attitude d'Isabelle Eberhardt ne se confond pas avec cette sorte de sympathie exaltée qui sera celle d'un Gide en voyage en Algérie en 1899. Sans doute parce qu'elle a d'autres ambitions, la nomade réussit à apprivoiser l'altérité radicale du monde arabe, et, la respectant, à la faire sienne par la marche, le costume, la langue, la religion, le mariage, le partage patient du quotidien.

« Ce soir, insondable, indicible tristesse et résignation de plus en plus absolue en face de l'inéluctable Destin... Quels rêves, quelles féeries et quelles ivresses me réserve encore l'avenir ? Quelles joies... bien problématiques, et quelles douleurs certaines ? Et quand sonnera donc enfin l'heure de la délivrance, l'heure du repos final ? » (*Mes journaliers*, 29 janvier 1900). La réponse à la dernière question arrive plus tôt que prévu : à Aïn Sefra, un jour de l'automne 1904, une crue de l'*oued* tourne au drame ; l'eau emporte tout sur son passage, et, dans la ville basse, la maison de la reporter. On découvre son cadavre sous les décombres. À la demande de Lyautey, ses papiers, en russe et en français, sont rassemblés et déposés aux Archives du Gouvernement général de l'Algérie. Isabelle Eberhardt et ses identités gigognes ne sont plus ; Isabelle Eberhardt écrivain va commencer d'exister.

MARTINE REID

NOTE SUR LE TEXTE

Les douze nouvelles que nous reproduisons ici sont extraites du volume intitulé *Amours nomades* (Paris, Éditions Joëlle Losfeld, 2003). Elles ont été éditées par Marie-Odile Delacour et Jean-René Huleu à partir des manuscrits conservés aux Archives d'outre-mer d'Aix-en-Provence et des journaux de l'époque où certaines d'entre elles avaient paru. Elles ont vraisemblablement été écrites entre 1900 et 1904.

Nous remercions Christiane Chaulet-Achour, professeur à l'université de Cergy-Pontoise, d'avoir accepté de relire les notes de cette édition et de nous avoir apporté sur Isabelle Eberhardt et le Maghreb de l'époque un certain nombre de précisions utiles.

AMOURS NOMADES

Amara le forçat

Un peu par nécessité, un peu par goût, j'étudiais alors les mœurs des populations maritimes des ports du Midi et de l'Algérie.

Un jour, je m'embarquai à bord du *Félix Touache*, en partance pour Philippeville[1].

Humble passager du pont, vêtu de toile bleue et coiffé d'une casquette, je n'attirais l'attention de personne. Mes compagnons de voyage, sans méfiance, ne changeaient rien à leur manière d'être ordinaire.

C'est une grave erreur, en effet, que de croire que l'on peut faire des études de mœurs populaires sans se mêler aux milieux que l'on étudie, sans vivre de leur vie...

C'était par un clair après-midi de mai, ce départ, joyeux pour moi, comme tous les départs pour la terre aimée d'Afrique.

On terminait le chargement du *Touache* et, une fois de plus, j'assistais au grand va-et-vient des heures d'embarquement.

Sur le pont, quelques passagers attendaient déjà

1. Aujourd'hui Skikda, sur la côte est de l'Algérie.

le départ, ceux qui, comme moi, n'avaient point d'adieux à faire, point de parents à embrasser...

Quelques soldats, en groupes indifférents... Un jeune caporal de zouaves, ivre mort, qui, aussitôt embarqué, était tombé de tout son long sur les planches humides et qui restait là, sans mouvement, comme sans vie...

À l'écart, assis sur des cordages, je remarquai un tout jeune homme qui attira mon attention par l'étrangeté de toute sa personne.

Très maigre, au visage bronzé, imberbe, aux traits anguleux, il portait un pantalon de toile trop court, des espadrilles, une sorte de gilet de chasse rayé s'ouvrant sur sa poitrine osseuse, et un mauvais chapeau de paille. Ses yeux caves, d'une teinte fauve changeante, avaient un regard étrange : un mélange de crainte et de méfiance farouche s'y lisait.

M'ayant entendue parler arabe avec un maquignon bônois[1], l'homme au chapeau de paille, après de longues hésitations, vint s'asseoir à côté de moi.

– D'où viens-tu ? me dit-il, avec un accent qui ne me laissa plus aucun doute sur ses origines.

Je lui racontai une histoire quelconque, lui disant que je revenais d'avoir travaillé en France.

– Loue Dieu, si tu as travaillé en liberté et non en prison, me dit-il.

– Et toi, tu sors de prison ?

– Oui. J'ai fait huit ans à Chiavari, en Corse.

– Et qu'avais-tu fait ?

– J'ai tué une créature, entre Sétif et Bou Arréridj.

– Mais quel âge as-tu donc ?

---

1. De Bône, aujourd'hui Annaba, dans le Constantinois, sur la côte proche de la frontière tunisienne.

– Vingt-six ans... Je suis libéré conditionnel de trois mois... C'est beaucoup, trois mois.

Pendant le restant de la traversée, nous n'eûmes plus le loisir de parler, le forçat de Chiavari et moi.

La mer démontée s'était un peu calmée. La nuit tombait et à l'approche de la côte d'Afrique l'air était devenu plus doux... Une tiédeur enivrante flottait dans la pénombre du crépuscule.

À l'horizon méridional, une bande un peu plus sombre et un monde de vapeurs troubles indiquaient la terre.

Bientôt, quand il fut nuit tout à fait, les feux de Stora apparurent. Le forçat, appuyé contre le bastingage, regardait fixement ces lumières encore lointaines et ses mains se crispaient sur le bois glissant.

– C'est bien Philippeville, là-bas ? me demanda-t-il à plusieurs reprises, la voix tremblante d'émotion...

Dans le port désert, près du quai, où quelques portefaix dormaient sur les dalles, après le débarquement, le *Félix Touache* immobile semblait, lui aussi, dormir, dans la lumière vaguement rosée de la lune décroissante.

Il faisait tiède. Un parfum indéfinissable venait de la terre, grisant. Oh ! ces heures joyeuses, ces heures enivrantes des *retours* en Afrique, après les exils lointains et mornes !

J'avais résolu d'attendre à bord le lever du jour, pour poursuivre mon voyage sur Constantine[1], où je devais, pour la forme, assister au jugement de

---

1. Aujourd'hui Qacentina, au sud de Skikda, capitale de l'Est algérien.

l'homme qui, six mois auparavant, avait tenté de m'assassiner, là-bas, dans le Souf lointain[1].

Et j'avais étendu mes couvertures sur le pont, à bâbord, du côté de l'eau qui bruissait à peine.

Je m'étais étendue, en un bien-être profond, presque voluptueux. Mais le sommeil ne venait pas.

Le libéré conditionnel qui, lui aussi, passait la nuit à bord, vint me rejoindre. Il s'assit près de moi.

— Dieu te garde et te protège de la prison, toi et tous les musulmans, me dit-il après un long silence.

— Raconte-moi ton histoire.

— Dieu soit loué, car je pensais que je mourrais là-bas... Il y a un cimetière où l'on met les nôtres, et plusieurs qui sont venus devant moi y sont morts... Ils n'ont pas même un tombeau en terre musulmane.

— Mais comment, si jeune, as-tu pu tuer, et pourquoi ?

— Écoute, dit-il. Tu as été élevé[2] dans les villes et tu ne sais pas... Moi, je suis du *douar*[3] des Ouled Ali, dépendant de Sétif. Nous sommes tous bergers, chez nous. Nous avons beaucoup de troupeaux, et aussi des chevaux. À part ça, nous avons des champs que nous ensemençons d'orge et de blé.

« Mon père est vieux et je suis son fils unique.

1. Le 29 janvier 1901, Isabelle Eberhardt avait été blessée d'un coup de sabre à Behima, près d'El Oued (région de Souf), par un membre d'une confrérie musulmane hostile à la sienne, les Tidjania de Guémar. Elle quitte El Oued, où elle a été hospitalisée, le 25 février et rejoint son compagnon muté à Batna. En juin de la même année, à la suite d'un procès houleux, son agresseur sera condamné aux travaux forcés mais elle-même sera interdite de séjour sur le territoire algérien.
2. Le forçat prend la narratrice déguisée pour un jeune homme.
3. Village.

Parmi notre troupeau, il y avait une belle jument grise, qui n'avait pas encore les dents de la quatrième année. Mon père me disait toujours : "Amara, cette jument est pour toi." Je l'avais appelée Mabrouka et je la montais souvent. Elle était rapide comme le vent et méchante comme une panthère. Quand on la montait, elle bondissait et hennissait, entraînant tous les étalons du pays. Un jour, ma jument disparut. Je la cherchai pendant une semaine et je finis par apprendre que c'était un berger des Ouled Hassene, nos voisins du nord, qui me l'avait prise. Je me plaignis à notre *cheikh* et je lui portai en présent un *mezouid*[1] de beurre pour qu'il me fasse justice.

« Apprenant que les gens du *makhzen*[2] allaient venir chercher la jument, Ahmed, le voleur, ne pouvant la vendre, car elle était connue, la mena dans un ravin et l'égorgea. Quand j'appris la mort de ma jument, je pleurai. Puis je jurai de me venger.

« Une nuit obscure, je quittai furtivement notre *douar* et j'allai chez les Ouled Hassene. Le *gourbi*[3] d'Ahmed, mon ennemi, était un peu isolé et entouré d'une petite clôture en épines. J'attendis le lever de la lune, puis je m'avançai. Pour apaiser les chiens, j'avais apporté les entrailles d'un mouton qu'on avait tué dans la journée. À la lueur de la lune, j'aperçus Ahmed, couché devant son *gourbi*, pour garder ses moutons. Son fusil était posé sous sa tête.

---

1. *Mezwad* : outre en peau de chèvre traitée pour conserver le beurre.
2. Corps de la gendarmerie ou de l'armée composé de ressortissants algériens.
3. Maison en terre battue et en roseaux. Habitat pauvre traditionnel.

Son sommeil était profond. Je ceignis ma *gandoura*[1]
de mon mouchoir, pour n'accrocher à rien. J'entrai
dans l'enclos. Mes jambes étaient faibles et une chaleur terrible brûlait mon corps. J'hésitais, songeant
au danger. Mais c'était écrit, et les chiens, repus,
grondèrent. Alors je saisis le fusil d'Ahmed, le reti-
rai brusquement de dessous sa tête et le lui déchar-
geai à bout portant dans la poitrine. Puis je m'enfuis.
Les hommes et les chiens du *douar* me poursuivirent,
mais ne m'atteignirent pas. Alors, je commis une
faute : personne ne m'avait vu et j'eusse dû rentrer
chez mon père. Mais la crainte de la justice des chré-
tiens me fit fuir dans le maquis, sur les coteaux. Pendant trois jours et trois nuits, je me cachai dans les
ravins, me nourrissant de figues de Barbarie. J'avais
peur. La nuit, je n'osais dormir. Le moindre bruit,
le souffle du vent dans les buissons me faisaient
trembler. Le troisième jour, les gendarmes m'arrêtèrent. L'histoire de la jument et mon départ avaient
tout révélé et, malgré que je n'aie jamais avoué, je
fus condamné.

« Les juges m'ont fait grâce de la vie, parce que
j'étais jeune. Pendant trois mois, je suis resté dans
les prisons à Sétif, à Constantine, ici à Philippeville.
Puis on m'a embarqué sur un navire, et on m'a
mené en Corse. Au pénitencier, où nous étions presque tous musulmans, on n'est pas trop malheureux,
avec l'aide de Dieu et si on se conduit bien. Mais
c'est toujours la prison, et loin de la famille, en pays
infidèle. Grâce à Dieu, on m'a libéré.

« C'est beaucoup, trois mois !

---

1. Longue tunique de tissu léger.

– Tu regrettes, maintenant, d'avoir tué cet homme ?

– Pourquoi ? J'étais dans mon droit, puisqu'il m'avait tué ma jument, à moi qui ne lui avais jamais fait de mal ! Seulement, je n'aurais pas dû m'enfuir.

– Alors, ton cœur ne se repent pas de ce que tu as fait, Amara ?

– Si je l'avais tué sans raison, ce serait un grand péché.

Et je vis que, sincèrement, le Bédouin ne concevait pas, malgré toutes les souffrances endurées jusque-là, que son acte avait été un crime.

– Que feras-tu, maintenant ?

– Je resterai chez mon père et je travaillerai. Je ferai paître notre troupeau. Mais si jamais, la nuit, dans le maquis, je rencontre l'un de ceux des Ouled Hassene qui m'ont fait prendre, je le tuerai.

À tous mes raisonnements, Amara répondait :

– Je n'étais pas leur ennemi. Ce sont eux qui ont semé l'inimitié. Celui qui sème des épines ne peut récolter une moisson de blé.

Le matin, dans le train de Constantine.

Les prunelles élargies par la joie et une sorte d'étonnement, Amara regardait le pays qui défilait lentement sous nos yeux.

– Regarde, me dit-il tout à coup, regarde : voilà du blé... Et ça, là-bas, c'est un champ d'orge... Oh ! regarde, frère, les femmes musulmanes qui ramassent les pierres de ce champ !

Il était en proie à une émotion intense. Ses mem-

bres tremblaient et, à la vue de ces céréales si
aimées, si vénérées par le Bédouin et de ces femmes
de sa race, Amara se mit à pleurer comme un enfant.

— Vis en paix comme tes ancêtres, lui dis-je. Tu
auras la paix du cœur. Laisse les vengeances à
Dieu.

— Si l'on ne peut se venger, on étouffe, on souf-
fre. Il faut que je me venge de ceux qui m'ont fait
tant de mal !

À la gare de Constantine, nous nous séparâmes
en frères. Amara prit le chemin de Sétif pour regagner son *douar*.

Je ne l'ai plus revu.

La Zaouïa

Tous les matins, à l'heure où le soleil se levait, je venais m'asseoir sous le porche de la *zaouïa*[1] Sidi Abd er Rahman, à Alger.

J'entrais, mon déguisement aidant, dans la sainte *zaouïa* à l'heure de la prière...

Chose étrange ! J'ai ressenti là, à l'ombre antique de cette mosquée sainte de l'islam, des émotions ineffables au son de la voix haute et forte de l'*imam* psalmodiant ces vieilles paroles de la foi musulmane en cette belle langue arabe, sonore et virile, musicale et puissante comme le vent du désert où elle est née, d'où elle est venue, sous l'impulsion d'une seule volonté humaine, conquérir la moitié de l'univers...

J'écoutais ces paroles que je devais bientôt comprendre et aimer... Et je regardais l'*imam*. C'était un très vieux *cheikh* et *Iriquâ* du Sud, un Arabe de pure et antique race sans mélange de sang berbère. Tout blanc déjà, avec de très grands yeux longs, atones, mais encore très noirs.

Ces yeux s'allumaient parfois d'une lueur intense,

---

1. Établissement religieux, école, siège d'une confrérie.

comme une étincelle ranimée par un souffle soudain, puis ils reprenaient leur immobilité troublante et lourde.

Il n'y avait pas beaucoup de monde, généralement.

Parmi eux, il y avait de vrais croyants, des convaincus qui semblaient boire avec extase les paroles de l'*imam*...

Il y en avait un surtout qui devait être un fanatique. C'était un M'zabite[1] d'une quarantaine d'années, au type berbère très prononcé. Il était maraîcher à Mustapha et s'appelait Youssef ben el Arbi. Il arrivait tous les jours à la mosquée au même moment que moi, et à la fin nous commençâmes à échanger un *salamhaleik* très amical.

Cet homme avait, pendant toute la durée de la prière, une expression vraiment extatique... Il devenait pâle et ses yeux brillaient singulièrement, tandis qu'il répétait sans la précipitation de beaucoup d'autres les gestes consacrés.

Quand il sortait, après avoir remis ses mauvaises *papoudj*[2] il donnait toujours quelques *sourdis*[3] aux enfants indigènes qui mendiaient...

Moi, je sortais, et je m'asseyais sur le pas de la porte, quand tout le monde était parti. J'allumais une cigarette « L'Orient » et, les jambes croisées, j'attendais l'Aimé qui ne manquait jamais de venir me rejoindre à cet endroit de prédilection.

Pour arriver à la *zaouïa*, si j'avais passé la nuit à mon domicile officiel au quai de la Pêcherie, je de-

---

1. Habitant de M'zab, région du Sud.
2. Babouches.
3. Pièces de monnaie.

vais d'abord aller rue de la Marine, chez une certaine blanchisseuse italienne, Rosina Menotti, qui
habitait une seule cave où j'échangeais mes vêtements de femme contre l'accoutrement corres-
pondant à mes plans pour le reste de la journée.
Ensuite j'allais très lentement à la *zaouïa*.

Si au contraire j'avais passé ma nuit soit à rôder
imprudemment dans des quartiers dangereux, soit
dans l'un de mes autres logis de la ville haute ou de
Bab Azoun, il me fallait prendre par des raccourcis
fantastiques.

J'avais un pied-à-terre chez une chanteuse du
quartier de Sid Abdallah. Un autre rue Si Rahma-
dan, chez des Juifs...

Le troisième, non loin de l'ancienne mosquée
d'El Kasbah Beroui, aujourd'hui désaffectée et trans-
formée en église chrétienne.

J'avais, chez un charbonnier nègre soudanais de
Bab Azoun, le droit de demander l'hospitalité quand
je trouvais bon de m'exiler si loin. Mais le plus souvent, je passais mes nuits en courses extraordinaire-
ment risquées ou dans les mauvais lieux où je
contemplais des scènes invraisemblables dont plusieurs finirent dans le sang répandu en abondance.

Je connaissais un nombre infini d'individus tarés
et louches, de filles et de repris de justice qui étaient
pour moi autant de sujets d'observation et d'ana-
lyse psychologique. J'avais aussi plusieurs amis sûrs
qui m'avaient initiée aux mystères de l'Alger voluptueuse et criminelle.

Quand j'avais passé ma nuit dans de telles obser-
vations, c'était parfois de très loin que je me rendais
le matin à la *zaouïa*...

Le soleil éclairait en plein la place coquette et les

arbres du jardin Marengo. Le ciel était toujours d'une pureté immatérielle, d'une transparence de rêve.

La mer scintillait à la lumière, opaline et claire, encore rosée des reflets du ciel matinal. Le port s'animait, et en bas, à Bab Azoun, sur le boulevard de la République et sur la jetée Kheïr ed Dine, une foule bariolée se mouvait en deux torrents roulant en sens inverse.

Je me reposais à cette heure douce et étonnamment joyeuse. Mon âme semblait flotter dans le vide charmeur de ce ciel inondé de lumière et de vie.

Ce furent des heures bienheureuses, des heures de contemplation et de paix, de renouveau de tout mon être, d'extase et d'ivresse que celles que je passai assise sous ce déguisement, sur cette marche de pierre à l'ombre fraîche de cette belle *zaouïa* tranquille. Ce furent des heures de volupté réelle et intense, de jeunesse et de vie !

Je restais parfois longtemps à attendre assise, sans jamais m'impatienter, calme toujours. Je savais que j'arrivais toujours avant l'heure fixée, pour écouter la prière.

Enfin, de l'autre côté de la place, je voyais apparaître la haute silhouette élancée et mince d'Ahmed.

Lui aussi me voyait et me faisait un signe de la main droite. Il arrivait courant presque, toujours souriant, toujours gai. Ses beaux yeux se posaient sur les miens toujours avec une égale tendresse et il me disait avec son joli sourire :

– Bon musulman ! Tu es là, toi, et moi j'ai encore tardé ! *Salamhaleik, habiba mahchouki*, bonjour ma bien-aimée !

Il s'asseyait à côté de moi et commençait par allumer à la mienne son éternelle cigarette. Après, c'était une causerie interminable, douce infiniment.

Je me grisais de sa voix mélodieuse en cette langue arabe qu'il parlait aussi bien que sa langue maternelle, le turc. Il développait d'ingénieuses et subtiles théories d'art et de philosophie, toujours empreintes de son souriant épicurisme voluptueux et indolent.

Il m'écoutait aussi lui dire mes pensées à moi, mes doutes et mes séductions, et il me disait parfois :

— Tu as une âme étrange et ton intelligence est puissante... mais il y a sur toi la fatalité de ta race et tu es pessimiste invinciblement.

J'aimais l'écouter me parler de toutes ces choses en français, puisqu'il ne pouvait les exprimer toutes au moyen de l'arabe...

Pourtant il préférait me parler cette langue qu'il aimait et que je commençai très vite à comprendre. Ensuite il me disait avec un gai sourire d'enfant :

— Je vais mourir de faim... Viens donc, nous irons déjeuner.

Nous allions dans une échoppe quelconque dans les vieilles rues arabes, et nous déjeunions gaiement. Mon déguisement et le titre de *sidi*[1] que me décernaient naïvement les Arabes faisaient beaucoup rire Ahmed.

Lui, le philosophe, sceptique et incrédule, étrange anomalie dans son peuple, en avait gardé toutes les qualités. Il avait une gaieté enfantine et communicative aux heures où il se départait de son flegme un peu dédaigneux, mais toujours doux et souvent très mélancolique.

1. Monsieur (appellation respectueuse).

En amour, il était voluptueux et raffiné, semblable à une sensitive que tout contact brutal fait souffrir. Son amour, pour calme et doux qu'il était, n'avait pas moins une intensité extrême...

Pour lui, le plaisir des sens n'était pas la volupté suprême. Il y ajoutait la volupté intellectuelle, infiniment supérieure. En lui le mâle était presque assoupi, presque tué par cet intellect puissant et délié d'essence purement transcendantale. Il me disait souvent :

– Combien ta nature est plus virile que la mienne et combien plus que moi tu es faite pour les luttes dures et impitoyables de la vie...

Il s'étonnait de ma violence. J'étais très jeune, alors, je n'avais pas vingt ans, et le volcan qui depuis lors s'est couvert de cendres et qui ne fait plus éruption comme jadis bouillonnait alors avec une violence terrible, emportant dans les torrents de sa lave brûlante tout mon être vers les extrêmes...

Parfois notre frère Mahmoud venait se joindre à nous et nous apporter sa folle gaieté et son exubérance juvénile.

– Mahmoud est une nature masculine pure et il est à mille lieues de moi, et pourtant, je l'aime avec une tendresse infinie ! disait Ahmed.

Nous flânions alors à trois dans la banlieue, à Sidi Abd er Rahman bou Koubria, le cimetière musulman sur la route de Hussein Dey.

Puis aussi venait l'étrange « seconde vie », la vie de la volupté, de l'amour. L'ivresse violente et terrible des sens, intense et délirante, contrastant singulièrement avec l'existence de tous les jours, calme et pensive qui était la mienne. Quelles ivresses ! Quelles soûleries d'amour sous ce soleil ardent ! Elle était ardente aussi ma nature à moi, et mon sang coulait avec une rapidité enfiévrée dans mes veines gonflées sous l'influence de la passion.

Je dépensais follement ma jeunesse et ma force vitale, sans le moindre regret. Je pensais parfois par expérience qu'un jour viendrait où le dégoût et la lassitude m'envahiraient et où tout cela serait fini, emporté par mon inconstance native...

Mais dans la griserie de l'heure présente, j'oubliais tout et surtout l'avenir. Ou plutôt cet avenir m'apparaissait comme une continuation indéfinie du présent... C'était une ivresse sans fin. Tantôt l'ivresse de mon âme dans ce pays merveilleux, sous ce soleil unique et les envolées sublimes de la pensée vers les régions calmes de la spéculation, tantôt les douces extases toujours mêlées à de la mélancolie, les extases de l'art, cette quintessentielle et mystérieuse jouissance des jouissances.

Portrait de l'Ouled Naïl

Exposé aux regards curieux des étrangers, dans toutes les vitrines de photographes, il est un portrait de femme du Sud au costume bizarre, au visage impressionnant d'idole du vieil Orient ou d'apparition... Visage d'oiseau de proie aux yeux de mystère. Combien de rêveries singulières et peut-être, chez quelques âmes affinées, de presciences de ce Sud morne et resplendissant, a évoquées ce portrait d'« Ouled Naïl » chez les passants qui l'ont contemplé, que son effigie a troublés ?

Mais qui connaît son histoire, qui pourrait supposer que, dans la vie ignorée de cette femme, d'ailleurs à la fois si proche et si lointaine, s'est déroulé un vrai drame humain, que ces yeux d'ombre, ces lèvres arquées ont souri au fantôme du bonheur ?

Tout d'abord, cette appellation d'« Ouled Naïl » appliquée au portrait d'Achoura ben Saïd est fallacieuse : Achoura, qui existe encore sans doute au fond de quelque *gourbi* bédouin, est issue de la race farouche des Chaouïya de l'Aurès.

Son histoire, mouvementée et triste, est l'une de ces épopées de l'amour arabe, qui se déroulent dans le vieux décor séculaire des mœurs figées et qui

n'ont d'autres rapsodes que les bergers et les chame-
liers, improvisant, avec un art tout intuitif et sans ar-
tifices, des complaintes longues et monotones comme
les routes du désert, sur les amours de leur race,
sur les dévouements, les vengeances, les *nefra*[1] et les
razzia.

Fille de bûcheron, Achoura avait longtemps poursuivi l'indicible rêve de l'inconscience en face des
grands horizons bleus de la montagne et de ses
sombres forêts de cèdres. Puis, mariée trop jeune, elle
avait été emmenée par son mari dans la triste et banale Batna, ville de casernes et de masures, sans passé
et sans histoire. Cloîtrée, en proie à l'ennui lourd
d'une existence pour laquelle elle n'était pas née,
Achoura avait connu toutes les affres du besoin
inassouvi de la liberté. Répudiée bientôt, elle s'était
fixée dans l'une des cahutes croulantes du Village nègre, complément obligé des casernes de la garnison.

Là, sa nature étrange s'était affirmée. Sombre et
hautaine envers ses semblables et les clients en veste
ou en pantalon rouges, elle était secourable pour les
pauvres et les infirmes.

Comme les autres pourtant, elle s'enivrait d'absinthe et passait de longues heures d'attente assise sur
le pas de sa porte, la cigarette à la bouche, les mains
jointes sur son genou relevé. Mais elle conservait
toujours cet air triste et grave qui allait si bien à sa
beauté sombre, et, dans ses yeux au regard lointain,
à défaut de pensée, brûlait la flamme de la passion.

Un jour, un fils de grande tente, Si Mohammed
el Arbi, dont le père était titulaire d'un *aghalik*[2] du

---

1. Différend, combat, bataille.
2. Charge occupée par l'*agha*, supérieur du *caïd*.

Sud, remarqua Achoura et l'aima. Audacieux et beau, capable de passions violentes, le jeune chérif fit le bonheur de la Chaouïya, le seul bonheur qui lui fût accessible : âpre et mêlé de souffrance. Jaloux, blessé dans son orgueil par de basses promiscuités, Si Mohammed el Arbi souffrit de voir Achoura au Village nègre, à la merci des soldats. Mais l'en retirer eût été un scandale, et le jeune chérif craignait la colère paternelle...

Comme il arrive pour toutes les créatures d'amour, Achoura se sentit naître à une vie nouvelle. Il lui sembla n'avoir jamais vu le soleil dorer la crête azurée des montagnes et la lumière se jouer capricieusement dans les arbres touffus de la montagne. Parce que la joie était en elle, elle sentit une joie monter de la terre, comme elle alanguie en un éternel amour.

Achoura, comme toutes les filles de sa race, regardait le trafic de son corps comme le seul gage d'affranchissement accessible à la femme. Elle ne voulait plus de la claustration domestique, elle voulait vivre au grand jour et elle n'avait point honte d'être ce qu'elle était. Cela lui semblait légitime et ne gênait pas son amour pour l'élu, car l'idée ne lui vint même jamais d'assimiler leurs ineffables ivresses à ce qu'elle appelait du mot sabir et cynique de « coummerce »...

Achoura aima Si Mohammed el Arbi. Pour lui, elle sut trouver des trésors de délicatesse d'une saveur un peu sauvage.

Jamais personne ne dormit sur le matelas de laine blanche réservé au chérif et aucun autre ne reposa sa tête sur le coussin brodé où Si Mohammed el Arbi reposa la sienne... Quand il devait venir, elle

achetait chez les jardiniers *roumi*[1] une moisson de
fleurs odorantes et les semait sur les nattes, sur le
lit, dans toute son humble chambre où, du décor
habituel des orgies obligées, rien ne restait... Le tau-
dis qui abritait d'ordinaire tant de brutales ivresses
et de banales débauches devenait un délicieux, un
mystérieux réduit d'amour.

Impérieuse, fantasque et dure envers les hommes,
Achoura était, pour le chérif, douce et soumise sans
passivité. Elle était heureuse de le servir, de s'humi-
lier devant lui, et ses façons de maître très despoti-
que lui plaisaient. Seule la jalousie de l'aimé la
faisait parfois cruellement souffrir. Les exigences
de la condition d'Achoura blessaient bien un peu la
délicatesse innée du chérif, mais il voulait bien, se
faisant violence, les accepter, pour ne pas s'insurger
ouvertement contre les coutumes en affichant une
liaison presque maritale. Mais ce qu'il craignait et
ce dont le soupçon provoquait chez lui des colères
d'une violence terrible, c'était *l'amour* des autres,
c'était de la *sincérité* dans les relations d'Achoura avec
les inconnus qui venaient quand le maître était absent. Il avait la méfiance de sa race et le soupçon le
tourmentait.

Un jour, sur de vagues indices, il crut à une tra-
hison. Sa colère, avivée encore par une sincère douleur, fut terrible. Il frappa Achoura et partit, sans
un mot d'adieu ni de pardon.

Si Mohammed el Arbi habitait un *bordj*[2] solitaire
dans la montagne, loin de la ville. À pied, seule

---

1. Terme désignant au départ les Romains, par extension les
Français et les Européens.
2. Ferme fortifiée.

dans la nuit glaciale d'hiver, Achoura alla implorer son pardon. Le matin, on la trouva devant la porte du *bordj*, affalée dans la neige. Touché, Si Mohammed el Arbi pardonna.

Âpre au gain et cupide avec les autres, Achoura était très désintéressée envers le chérif ; elle préférait sa présence à tous les dons.

Un jour, le père du jeune homme apprit qu'on parlait de la liaison de son fils avec une femme du village.

Il vint à Batna et, sans dire un mot à Si Mohammed el Arbi, obtint l'expulsion immédiate d'Achoura.

Éplorée, elle se réfugia dans l'une des petites boutiques de la rue des Ouled-Naïl, dans la tiédeur chaude et odorante de Biskra.

Malgré son père, Si Mohammed el Arbi profita de toutes les occasions pour courir revoir celle qu'il aimait. Et, comme ils avaient souffert l'un pour l'autre, leur amour devint meilleur et plus humain.

Aux heures accablantes de la sieste, accoudée sur son matelas, Achoura se perdait en une longue contemplation des traits adorés, reproduits par une photographie fanée qu'elle couvrait de baisers... Ainsi, elle attendait les instants bénis où il venait auprès d'elle et où ils oubliaient la douloureuse séparation.

Mais le bonheur d'Achoura ne fut pas de longue durée. Si Mohammed el Arbi fut appelé à un caïdat opulent du Sud, et partit jurant à Achoura de la faire venir à Touggourt, où elle serait plus près de lui.

Patiemment, Achoura attendit. Les lettres du *caïd* étaient sa seule consolation, mais bientôt elles se firent plus rares. Si Mohammed el Arbi, dans ce pays nouveau, dans cette vie nouvelle si différente de l'ancienne toute d'inaction et de rêve, s'était laissé griser par d'autres ivresses et captiver par d'autres yeux. Et le jour vint où le *caïd* cessa d'écrire... Pour lui, la vie venait à peine de commencer. Mais, pour Achoura, elle venait de finir.

Quelque chose s'était éteint en elle, du jour où elle avait acquis la certitude que Si Mohammed el Arbi ne l'aimait plus. Et, avec cette lumière qui était morte, l'âme d'Achoura avait été plongée dans les ténèbres. Indifférente désormais et morne, Achoura s'était mise à boire, pour oublier. Puis elle revint à Batna, attirée sans doute par de chers souvenirs. Là, dans les bouges du village, elle connut un *spahi* qui l'aima et qu'elle subjugua sans qu'il lui fût cher. Alors, comme le *spahi* avait été libéré, elle vendit une partie de ses bijoux, ne gardant que ceux qui lui avaient été donnés par le chérif. Elle donna une partie de son argent à des pèlerins pauvres partant pour La Mecque et épousa El Abadi qui, joueur et ivrogne, ne put se maintenir dans la vie civile et rengagea.

Achoura rentra dans l'ombre et la retraite du foyer musulman, où elle mène désormais une vie exemplaire et silencieuse.

Elle s'est réfugiée là pour songer en toute liberté à Si Mohammed el Arbi, le beau chérif qui l'a oubliée depuis longtemps et qu'elle aime toujours.

Le Roman du turco[1]

À Tunis, dans l'ombre de la vieille *djemaâ*[2] Zitouna, sous des voûtes emplies d'une pénombre bleuâtre où des ouvertures espacées jettent de brusques rayons de lumière nette et vivante, il est une cité privilégiée, où règne un silence discret, comme oppressé par le voisinage de la mosquée, grande à elle seule comme une petite ville.

De chaque côté de cette allée, dont les piliers verts et rouges sont les arbres immobiles, en des boutiques sans profondeur, telles des armoires ou des alvéoles, garnies de longs cierges de cire, de flacons ciselés, des hommes sont assis sur leur comptoir élevé. Ils portent des vêtements de soie ou de drap fin, aux nuances éteintes, d'une infinie délicatesse : vieux rose velouté, bleu-gris comme argenté, vert Nil, orange doré... Leurs visages, aux traits réguliers et fins, affinés par des siècles de vie discrète et indolente, ont un teint pâle, d'une pâleur de cire, et sont d'expression distinguée.

Plusieurs d'entre eux sont des fils de familles il-

1. Tirailleur de l'armée d'Afrique.
2. Mosquée.

lustres et très riches, et qui sont là uniquement pour ne pas être des oisifs et pour avoir un lieu de réunion, loin des cafés où se délasse la plèbe.

C'est le marché aux parfums, le *souk* el Attarine. La boutique de Si Allela ben Hassene était l'une des mieux décorées, d'un goût sobre et de bon aloi.

Si Allela est le fils d'un vieux docteur de la loi, imam de la *djemaâ* Zitouna, et issu d'une antique et considérable famille de Tlemcen, réfugiée en Tunisie depuis la conquête. Le jeune homme, ses études musulmanes terminées, avait été marié avec une fille d'aussi illustre lignée, et son père lui avait donné cette boutique pour y passer les heures longues d'une vie aristocratique et monotone.

Si Allela ne ressemblait pas cependant à ses anciens condisciples. Il évitait leur fréquentation, ne les initiait pas à ses plaisirs, auxquels son mariage n'avait apporté aucun changement. Il préférait la société spirituelle des vieux poètes arabes, ne côtoyant de leurs individualités abolies que les manifestations les plus pures et les plus belles.

Et les autres jeunes Maures le fuyaient, le jugeant plein d'orgueil et dédaigneux.

Si Allela s'ennuyait, dans la monotonie des choses quotidiennes. Il savait penser, car son intelligence était vive et s'était aiguisée encore dans les études ardues et pénibles d'exégèse, de poétique et de jurisprudence. Et la conscience des choses augmentait son ennui. Rien de nouveau ne se présentait à la curiosité et à l'ardeur de ses vingt-cinq ans.

Un jour semblable à tant d'autres, Si Allela était assis dans sa boutique, accoudé à un coussin et feuilletant distraitement un vieux livre jauni, œuvre d'un poète égyptien qui associa l'idée de la mort à celle de l'amour. Si Allela, pour la centième fois peut-être, le relisait. Devant lui, dans un mince petit vase en verre peint de petites étoiles bleu et or, une grande fleur de magnolia, laiteuse entre quatre feuilles luisantes et sombres, exhalait la sensualité de son parfum, comme une âme de passion, et les yeux de Si Allela, quittant les feuillets flétris du poème, se fixaient parfois sur cette blancheur chaude de chair pâmée.

À la porte du *souk*, une voiture s'arrêta et deux femmes voilées à la mode algérienne en descendirent. Elles étaient enveloppées de *ferrachia*[1] blanches, et leur voile, étant blanc aussi, laissait voir leurs yeux. Lentement, avec un balancement rythmique de leurs hanches, elles entrèrent dans l'ombre parfumée et suivirent l'allée. La première, que l'on devinait jeune et svelte, était grande. Elle portait la tête haute et regardait avec une hardiesse tranquille. Son regard était seul visible, lourd et fascinateur dans la splendeur des yeux magnifiés par toutes les environnantes blancheurs.

Celle qui suivait, presque respectueusement, était vieille et caduque.

Devant la boutique de Si Allela, les étrangères s'arrêtèrent et commencèrent, avec un accent gazouillant, un marchandage malicieux, plein de sous-entendus et de traits acérés, dont la finesse plut à Si Allela.

— D'où es-tu ? demanda-t-il.

— De loin, dans l'Ouest. Tunis est belle, les hommes en sont polis, surtout les parfumeurs du *souk*. Et je ne regrette pas d'être venue.

---

1. Tissus, étoffes.

Puis avec un long regard devenu soudain sérieux et plein de promesses, elle fit un petit tas des objets choisis et dit :

— Apporte-moi cela ce soir près de la fontaine de Halfaouïne, chez Khadidja la Constantinoise.

Si Allela sourit et, doucement, repoussa la main teinte au henné qui lui tendait une pièce d'or...

Les Algériennes partirent, et les autres marchands chuchotèrent et sourirent, malveillants.

Si Allela compara le teint du front pur entrevu sous le voile à la carnation de la grande fleur peu à peu épanouie dans la chaleur. Et un trouble monta à son esprit, du fond de l'instinctivité de ses sens.

Du minaret aux faïences vertes, la voix de rêve du crieur appela pour l'*asr* (la prière de l'après-midi), et de petits garçons vinrent remplacer les marchands, qui, en groupe silencieux, entrèrent dans la mosquée.

Si Allela, croyant sincère, sentit son cœur inquiet et son esprit distrait. Il invoqua Dieu, mais le calme ne vint pas et ses pensées profanes le troublaient. Il ressortit, mécontent de lui-même et assombri. « Qui est-elle ? Est-elle seulement jolie ? Et pourquoi ce trouble ? Comme si je redevenais enfant, comme si je ne savais pas fort bien que c'est toujours la même chose ! »

Il se méprisait de cette faiblesse. Mais la joie de l'imprévu, quoique banale encore, fut plus forte que les raisonnements inspirés par une expérience précoce. Et il se surprit à attendre la tombée de la nuit avec impatience.

Dans un vieux mur blanc, croulant de vétusté et où des herbes pariétaires avaient poussé, une porte était entrebâillée, et une petite négresse, assise sur le seuil, fixait l'entrée de l'impasse avec le sourire immuable de l'émail blanc de ses dents.

Si Allela entra et la porte se referma lourdement. La cour était vaste. Une fontaine coulait au milieu, entre quatre orangers aux troncs tors. Un escalier de faïence bleue conduisait à la galerie à arcades aiguës du premier étage et le ciel rose jetait pardessus tout cela un grand voile limpide.

En haut, sur des matelas recouverts de tapis, l'Algérienne était assise. Elle portait le costume de Bône, robe sans manches, en soie, ceinturée d'un foulard, chemise à larges manches pagode brodées de métal, coiffure pointue drapée de mouchoirs à franges.

Son visage était d'un ovale parfait, d'une blancheur laiteuse, avec des traits fins, sans puérilité. Mais, pour Si Allela, toute la beauté consistait dans les yeux, qui, tout à l'heure, avaient illuminé d'une splendeur inconnue l'ombre bleuâtre du *souk* alangui.

Affable et souriante, elle fit asseoir Si Allela auprès d'elle, et l'autre femme, vieille momie ridée, servit le café parfumé à l'essence de rose.

Après des politesses minutieuses et quelques questions éventuelles sur leur vie, la Bônoise lui dit :

— C'est l'ennui qui m'a chassée de mon pays et poussée à voyager comme un homme. On m'a dit que les femmes de Tunis sont belles. Elles ressemblent à la poudre d'or répandue sur la soie. Est-ce vrai ?

Si Allela, souriant, se rapprocha d'elle et, dans un souffle, comme s'il eût craint d'être entendu, murmura :

— Quand la rose s'épanouit dans le jardin, les autres fleurs pâlissent. Quand la lune se lève, les étoiles s'effacent. Quand Melika paraît, les filles du sultan baissent les yeux et rougissent.

Si Allela avait parlé en vers, en un arabe ancien et savant, et cependant Melika avait compris et son sourire disait sa joie.

Si Allela lui savait gré de sa grâce et de sa réserve qui donnaient une saveur toute particulière à leur entretien prolongé, telle une délicieuse torture, dans le clair-obscur rosé du crépuscule tiède.

Dans une chambre tapissée de faïence et dont un léger rideau fermait la porte, Si Allela goûta une ivresse inconnue, en gamme ascendante dans l'intensité inouïe de la sensation allant jusqu'à l'apothéose.

Au réveil, quand la lumière joyeuse du matin pénétra dans l'ombre tiède, Si Allela eut la conscience très nette d'être devenu autre. L'ennui avait disparu et il sentait son cœur empli d'une tiédeur ignorée qui remontait vers son esprit, en joie, sans cause apparente.

Il sortit. Dans les rues, des rayons encore obliques détachaient les saillies des vieilles maisons sur un fond d'ombre bleue. L'air était léger et une fraîcheur délicieuse soufflait un parfum indéfinissable, enivrant de vie jeune et de force.

Et Si Allela regardait cette Tunis où il était né, avec l'émerveillement d'un étranger. Comment ne l'avait-il jamais vue si belle et si douce au regard ? Pourquoi ce lendemain d'amour n'apportait-il pas la sombre rancœur, la fatigue ennuyée de tous les autres, et qui, souvent, l'avait fait hésiter sur le seuil des femmes ?

Mais à la porte du *souk*, il se raidit. Un morne ennui, une sourde irritation l'envahissaient, une impatience en face de la nécessité de passer encore une journée dans cette boutique, loin de Melika. Et pourtant, il fallait se soumettre. La vie musulmane est ainsi faite, toute de discrétion, de mystère, de respect des vieilles coutumes, et surtout de soumission patriarcale.

Et Si Allela, plus renfermé en lui-même, plus silencieux que toujours, passa les heures longues à revivre en esprit les gestes et les paroles de la nuit, avec, à certains souvenirs, des sursauts de rappel le faisant frissonner jusqu'au plus profond de sa chair.

Melika, fille d'une pauvre créature usée et flétrie, jetée depuis toute petite à la merci des tirailleurs et des portefaix, avait grandi dans la rue sordide, nourrie des reliefs de la caserne, par les hommes en veste bleue qui, par les fenêtres, lui jetaient des morceaux de pain. Elle avait mendié, elle avait colporté de lourds plats de couscous qui courbaient son poignet faible, pour la pitance des ouvriers. Quand elle avait été nubile, un soldat, puis d'autres, avaient donné de sa beauté et de sa grâce les pauvres sous de misère péniblement gagnés sous le *berdha*[1]. Puis un *taleb*[2] l'avait remarquée, qui, *bach adel*[3] à la *mahakma*[4], rendait la justice musulmane.

Intelligent et sortant de la vulgarité par son caractère, Si Ziane avait cueilli la fleur souillée sur le bord de la fosse infecte et l'avait transplantée, pour la voir s'épanouir sous ses seuls yeux, dans le silence

1. Bât de mulet ; nom que donnent à leur sac les tirailleurs indigènes. A donné en français le mot « barda ».
2. Homme lettré.
3. Garde de la justice musulmane.
4. Siège du tribunal musulman, autorité locale à cette période.

et le mystère d'une vieille petite maison, tout en haut, près des remparts génois. Il l'avait placée là, seule, sous la surveillance de Teboura, vieille retraitée de l'amour, très douce et très bonne, quoique d'une haute malice et duègne sévère, qui aima Melika parce qu'elle ressemblait à sa fille morte.

Melika avait subi patiemment cet internement de deux années, aux longues heures de solitude car le juge ne venait que furtivement. Mais des discours de cet homme et de ses attitudes, Melika avait acquis la distinction et le parler recherché qui, en Orient, sont l'apanage de l'homme, instruit et formé au-dehors.

Elle acceptait sans révolte la fidélité d'épouse que lui imposait Si Ziane, car elle était raisonnable. Elle avait une maison à elle, Teboura pour la servir et la distraire, des toilettes et des bijoux. Et elle avait échappé à la fange où sa mère avait sombré.

Mais très vite, tout cela avait été détruit, balayé : Si Ziane tomba malade et mourut.

Alors, la porte de la vieille petite maison s'était ouverte tous les soirs, mais ceux qui la franchissaient portaient tous le turban des *tolba*[1], et une ombre de mystère distingué abrita toujours la demeure de Melika, où Teboura, qu'elle avait gardée, se dévouait, vieille créature finie qui aimait raconter ses amours de jadis à celle qui les revivait, dans la succession des générations.

Melika regrettait Si Ziane, qu'elle n'avait cependant pas aimé d'amour, respectueuse devant lui et craintive. Il avait été bon pour elle. Elle s'était aussi accoutumée au silence, à la sécurité, loin de l'imprévu effrayant de l'homme, presque jamais le

---

1. Pluriel de *taleb*, lettré.

même, se glissant, tous les soirs, au crépuscule, dans sa vie.

Elle devint riche parmi ses pareilles, et, avec la satiété du vouloir assouvi, dans son âme vaguement affinée, l'ennui était né.

Un jour, elle avait ordonné à Teboura de mettre ses toilettes, ses tapis, avec ses bijoux, dans les grands coffres en bois peint, et elles étaient parties vers Tunis, légendaire parmi les cités de l'*Ifriqiya*[1].

Tous les soirs, après que le soleil avait disparu derrière les hauteurs de Bab el Gorjani, et quand les portes du *souk* s'étaient fermées, Si Allela s'en allait, mystérieux et hâtif, par de nombreux détours, vers le quartier de Halfaouïne.

Près de la fontaine, il s'assurait d'un regard circulaire de la solitude ambiante, et entrait dans l'impasse.

Puis, dès la cour, c'était le sourire de Melika, première station sur l'échelle des voluptés.

Ils montaient, se tenant par la main, comme des enfants bien sages, l'escalier bleu, puis, soulevant le mince rideau voilant leur porte comme d'une brume légère, ils retrouvaient l'ivresse interrompue la veille, les mille caresses, les mille jeux charmants.

Et les heures et les jours s'écoulaient, en une douceur, en une volupté sans cesse renaissantes, qui les berçaient et leur semblaient devoir durer toujours.

Si Allela, peu à peu, bravant son père et l'opinion qui commençait à s'occuper de lui, désertait de plus en plus le *souk* pour la demeure adorée de Melika.

Tout lui semblait nouveau. Chaque rayon de so-

1. Ancien nom arabe de la Tunisie et de l'Algérie orientale.

leil accroché à un vieux pan de muraille, chaque note des petites *stitra*, des flûtes arabes, susurrée devant les cafés où l'on rêve, tout cela prenait pour lui un sens spécial, semblait se fondre avec l'harmonie de sa volupté, en être les accords.

Surpris et charmé, Si Allela comprenait maintenant le monde enchanté de visions et d'ivresses évoqué par ses poètes favoris, et ce qui, auparavant, n'avait été pour lui qu'une habile musique, devenait l'expression la plus parfaite de son âme.

Melika aimait.

Dans la langueur des journées, elle comptait les heures, et quand Si Allela tardait un peu, une angoisse douloureuse étreignait son cœur, une sourde jalousie montait, dans son âme plus fruste et plus sauvage.

L'ardeur inouïe et la passion de l'être très jeune qu'était Si Allela étaient nouvelles pour Melika, et ne ressemblaient ni à la tranquille domination du *taleb* impassible, ni aux amours passagères des autres, orgiaques. C'était la vraie vie, intense jusqu'à la violence, qui se révélait à elle, cependant qu'à peine consciente.

Elle ne pensait pas, n'en sentant que plus intensément, et, sans doute, l'amour plus conscient de Si Allela était aussi moins intense, parce que plus loin de la nature.

Un soir, très étrangement, tandis qu'au clair de lune ils avaient par fantaisie transporté leurs extases sur la terrasse abritée des regards indiscrets par un mur, une grande tristesse leur vint, une tristesse d'abîme, sans raison apparente, et, comme des enfants craintifs, pressés l'un contre l'autre, ils pleurèrent, désespérément... Puis, quand ce fut fini, ils se regardèrent, étonnés, et le souffle de l'épouvante passa, cette nuit-là, sur leur volupté.

D'autres jours d'attente suivirent, préparant des nuits d'ivresse. Si Allela avait perdu la notion du temps et de la réalité. Son amour s'était identifié avec sa vie elle-même, et il ne pouvait se représenter comme possible la continuation de son existence sans dette de ce qui lui semblait en être l'essence.

Si Hassene, le père de Si Allela, passait ses journées, sereines, à enseigner les dogmes de l'islam, dans les cours intérieures de la grande *djemaâ* Zitouna, loin du bruit de la vie moderne.

Calme et impassible comme un sage, Si Hassene s'était retiré loin des hommes. Par une inconséquence naïve commune à tous les pères, Si Hassene voulait son fils semblable à lui-même et, par une sévérité austère, il voulait l'amener à une obéissance absolue aux règles de la morale islamique.

Bientôt, le vieillard s'aperçut de l'attitude de son fils et il le surveilla. Il sut le secret de Si Allela et la retraite de l'Algérienne. Ce jour-là, sans un mot à son fils, Si Hassene monta à l'*ouzara*[1] et parla à son oncle, ministre de la Plume.

Un soir, insouciant, le cœur ouvert aux impressions les plus joyeuses, avec l'inconcevable quiétude de celui sur qui la destinée s'est appesantie et qui ne sait pas, Si Allela alla à Halfaouïne.

Il fut surpris et son cœur se serra inconsciemment quand il vit la porte fermée. Il frappa et il lui sembla que le bruit du marteau de fer était changé, devenu lugubre.

---

1. Ministère ou siège du pouvoir, tribunal. A donné *wazir*, ministre.

La vieille propriétaire ouvrit. Ses yeux étaient rouges et elle gémissait.

– Ah, *ya sidi, ya sidi* ! Elle est partie. Ce matin, des hommes de l'*ouzara*, des agents de police, sont venus et les ont arrêtées. Ils les ont emmenées sans dire pourquoi ni où. On a aussi pris leurs bagages. Oh ! Seigneur, aie pitié de nous ! Lella Melika est partie !...

Si Allela avait bousculé la vieille et, accablé, incapable encore de réfléchir, il se laissa choir sur une pierre.

– Comment, des hommes de l'*ouzara* ? Mais pourquoi, mon Dieu ? Ah ! c'est mon père ! Il a dû me faire suivre. Oh ! les pères, les pères qui croient être bons et qui sont cruels ! disait-il, sentant une rage torturante s'emparer de lui.

Que pouvait-il, en effet, lui, jeune homme soumis à la puissance paternelle contre celle-ci, aidée de l'*ouzara* du *Bey*, de la Résidence ? Car Melika l'Algérienne, donc sujette française, n'avait pu être arrêtée qu'avec l'assentiment des autorités françaises. Et pourquoi ? Qu'avait-elle fait ? Comment le vieux avait-il réussi à obtenir le concours des *roumis* ? Et que restait-il à faire, contre ces gens, pour qui son bonheur à lui, sa volonté, sa vie n'étaient rien et qui étaient tout-puissants ?

Et il se demandait, avec l'égoïsme de ceux qui souffrent, ce qu'il deviendrait sans Melika. Un chaos douloureux avait envahi l'esprit de Si Allela et, quittant brusquement cette maison dont l'aspect lui était déchirant, il s'élança dans le dédale silencieux des rues arabes, où il erra toute la nuit. Dès le matin, il commença à rechercher Melika, à interroger la police... Partout il se heurta à la même réponse : on n'avait pas de renseignements à lui donner sur une femme qui ne lui était rien.

Et ce furent des jours longs, pleins d'obscurité et d'angoisse, où les résolutions les plus contradictoires se succédaient dans l'esprit de Si Allela.

Enfin, soupçonnant que Melika avait dû être expulsée de Tunisie, il résolut de partir, de fuir Tunis qui lui était devenue odieuse, et d'aller là-bas, dans l'Ouest, rechercher sa maîtresse. Cependant, sa raison lui suggérait une objection : pourquoi, si elle avait été expulsée, ne lui écrivait-elle pas ?

Mais il voulut fuir quand même l'insupportable inaction qui brisait son énergie et énervait ses forces.

La boutique appartenait à son père et Si Allela n'avait que les quelques centaines de francs de sa caisse. Mais, sans scrupules désormais, Si Allela vendit tout ce qui garnissait la boutique à un Juif du Hara.

Avec le produit de cette vente, il partit pour Bône où toutes ses recherches furent vaines : on n'avait pas revu les deux femmes depuis leur départ pour Tunis.

Si Allela ne put que contempler avec une poignante tristesse la petite maison de Teboura, louée maintenant à des Kabyles, et où, jadis, Melika avait vécu, et tout ce cadre de ville, de mer et de montagnes où sa beauté s'était développée et magnifiée.

Puis, se souvenant que Melika lui avait parlé d'une vieille parente de Teboura établie à Constantine, Si Allela s'y rendit.

Là, il acheva de dépenser le peu qui lui restait et, se trouvant sans ressources, il dut accepter d'aller enseigner la grammaire et le Coran dans une *zaouïa* du Sud.

Deux années se passèrent. Si Allela, malgré quelques efforts où sa volonté s'était raidie contre le mal qui le minait, souffrait toujours, et l'image charmante de Melika ne s'effaçait pas de son souvenir.

Un jour, l'idée qu'elle pouvait être retournée à Bône lui vint et s'implanta dans son esprit, et il se confia au vénérable *marabout, cheikh* de la *zaouïa*, qui lui fournit les moyens de retourner à Bône.

Et Si Allela, dès son arrivée, rencontra un Sfaxien, son ancien condisciple, engagé aux tirailleurs à la suite d'une première jeunesse orageuse. Si Abderrahmane avait été l'unique ami d'enfance de Si Allela et le jeune homme lui confia sa peine, tandis qu'ils suivaient lentement la route de la Corniche, serpentant très haut au-dessus de la mer.

Le sergent était devenu pâle et son visage s'était assombri. Il sembla réfléchir, puis il dit :

– Si Allela, mon frère... Tu souffres. C'est l'incertitude qui te torture. Si elle était morte, préférerais-tu en être certain que de souffrir ainsi ?

– Certes, la certitude du condamné à mort vaut mieux que l'angoisse de l'accusé.

– Eh bien, la destinée a voulu que ce soit moi qui te renseigne. Je te dirai toute la vérité.

Ils s'étaient arrêtés et Si Allela, anxieux, avait saisi le sergent par la main.

– Melika est revenue à Bône peu de temps après ton départ. Aussi, pourquoi es-tu parti comme cela ? Si tu étais resté à Bône, elle t'aurait retrouvé, et vous eussiez été heureux.

– Mais parle, parle, où est-elle à présent ?

– Si Allela, Melika est morte. Nous sommes en

doul'kâda... eh bien, en *moharram*[1], dans deux mois, il y aura un an.

Si Allela regardait le sergent. Cette idée ne lui était jamais venue qu'elle pouvait être morte, elle, si pleine de vie et de jeunesse. Il se raccrocha à une faible espérance.

— Es-tu bien sûr que c'est elle ?

— Melika, l'ancienne maîtresse de Si Ziane, le *bach adel*, qui habitait près des remparts, avec la vieille Teboura, et qui est partie à Tunis ? C'est bien elle... Et ton récit me fait comprendre son genre de vie, ici, et sa fin...

— Raconte-moi tout sans ménagement. Puis-qu'elle est morte, c'est fini. Qu'importe !

Un grand vide s'était fait dans l'âme de Si Allela ; il n'avait plus de but, plus de raison d'être, plus aucun intérêt à vivre. Mais il voulait savoir. Il lui semblait qu'elle revivrait un peu dans le récit du sergent, dût-il lui dire des choses cruelles, qu'il pressentait vaguement.

— Écoute-moi, alors. À Tunis quelqu'un l'a dénoncée à l'*ouzara* et à la Résidence. Elle n'avait pas de permis de voyager et n'était pas inscrite à la police et on l'a enfermée. Teboura, pour complicité, a aussi été emprisonnée. Elles sont restées en prison plus de six mois, ce qui est monstrueux... Puis on les a expulsées. Elles sont revenues ici et Melika a dû t'écrire à Tunis, sois-en certain. Seulement, pendant ce temps tu étais à Constantine ou dans le Sud. C'est une fatalité !

1. Comme *doul'kâda*, mois lunaire du calendrier musulman. *Moharram* se situe juste après le ramadan, qui n'est jamais à date fixe.

« Tant qu'elles ont eu de l'argent, elles ont vécu dans la retraite et je sais de source certaine que Melika n'a reçu personne chez elle ni n'est sortie. Puis la misère est venue. Elles ont dû rouvrir leur porte, mais Melika a systématiquement éloigné d'elle tous les *tolba*, tous les hommes instruits et un peu au-dessus du vulgaire. Elle est venue habiter près de la caserne et nos hommes sont devenus ses clients habituels, avec des portefaix. Elle s'était mise à boire, affreusement : elle buvait de l'absinthe pure et, quand elle était ivre, elle pleurait et insultait ses compagnons de hasard, leur crachant à la face une haine et un mépris qui semblaient inexplicables.

— Elle m'aimait toujours ! murmura Si Allela, dont les traits se contractèrent douloureusement.

— Certes, elle évitait de recevoir souvent le même homme et, quand attiré par sa beauté et son charme, on lui parlait d'amour, elle répondait par des injures.

Si Allela attacha sur son ami un long regard pénétrant.

— Abderrahmane... naturellement, comme les autres, tu es allé chez elle.

— Oui, pardonne-moi, frère, de te dire tout cela. Mais tu voulais tout savoir !

— Qu'importe, à présent ! Elle est morte dans la douleur — car tu dis toi-même qu'elle souffrait. Et c'est fini... Jamais plus je ne pourrai la voir, lui demander pardon !

— Elle fut tienne jusqu'au dernier moment. Quand elle tomba malade, de la poitrine, elle entra à l'hôpital et les médecins décidèrent qu'elle mourrait, usée par l'alcool et prédisposée, déjà, à la phtisie. En trois ou quatre mois c'était fini. Je n'ai pas assisté à ses derniers moments. Mais je suis allé la voir à l'hôpital plusieurs fois.

Si Allela, depuis le commencement de cet entretien, torturant et doux pourtant, parce qu'il évoquait Melika aimante jusqu'à la tombe, observait, presque inconsciemment, son ami. Et il commençait à comprendre.

— Tu l'aimais, toi aussi ! dit-il tout à coup, sans colère, sans jalousie.

Le sergent courba la tête et, avec un tremblement dans la voix, il murmura :

— Oui, je l'aimais. J'ai tout fait pour l'arracher à la rue. Je n'ai pas pu. Elle m'a toujours repoussé avec colère, ne voulant voir en moi qu'un client qui payait. Quand j'ai trop insisté, elle m'a supplié de ne plus revenir, et je ne l'ai revue qu'à l'hôpital, mourante. C'est moi qui l'ai enterrée. Viens, allons à sa tombe. Tu ne m'en veux certes pas ?

— Oh ! non, je t'aime davantage de l'avoir aimée, d'avoir distingué en elle la perle souillée, foulée aux pieds, mais belle toujours et précieuse. Je te l'ai dit déjà, tout m'est égal, à présent... Je n'ai plus rien à faire, plus rien à attendre...

Si Allela éprouvait une lassitude immense, un dégoût profond des choses. Il semblait que le vouloir s'était brisé en lui, et que, lui aussi, allait mourir...

— Demain, Abderrahmane, montre-moi où l'on va pour s'engager.

Cette résolution lui était venue tout à coup : c'était, en effet, l'annihilation de son individualité. Il n'aurait plus à lutter pour vivre, plus rien à espérer ni à désirer. Il serait une machine indifférente, ignorée, quelconque.

Pendant près d'une année, tous les soirs, quand le soleil d'or descendait derrière les dentelures sombres du grand djebel Idou morose et que la vallée de Bône et ses collines sombraient dans les buées violettes du crépuscule, deux hommes, portant la veste bleue des tirailleurs, montaient vers les hauteurs des Caroubiers, suivant la route de la Corniche, avec, tout en bas, la mer qui gronde ou qui murmure, contre les rochers noirs...

De la grâce un peu langoureuse et de l'aristocratique pâleur de Si Allela le *taleb*, Ali le tirailleur n'avait gardé qu'une plus grande distinction de manières. Silencieux et renfermé, il fuyait toute société humaine, sauf celle du sergent Abderrahmane...

Ils montaient ainsi, les deux amants de Melika, au cimetière musulman, sur le coteau de Meneida, qui domine le grand golfe mollement arrondi entre les collines vertes et les jardins.

Là, assis près d'une petite tombe de faïence bleue, ils gardaient le silence, en de très dissemblables ressouvenances.

Puis leur détachement partit et personne ne vint plus visiter la tombe de Melika.

Seul le vent de la mer caresse les faïences bleues et murmure dans les herbes sauvages et dans le feuillage dur des grands cyprès noirs.

Taalith

Elle se souvenait, comme d'un rêve très beau, de jours plus gais sur des coteaux riants que dorait le soleil, au pied des montagnes puissantes que des gorges profondes déchiraient, ouvraient sur la tiédeur bleue de l'horizon... Il y avait là-bas de grandes forêts de pins et de chênes-lièges, silencieuses et menaçantes, et des taillis touffus d'où montait une haleine chaude dans la transparence des automnes, dans l'ivresse brutale des printemps...

Il y avait des myrtes verts et des lauriers-roses étoilés au bord des *oued* paisibles, à travers les jardins de figuiers et les oliveraies grises... Les fougères diaphanes jetaient leur brume légère sur les coulées de sang des rochers éventrés, près des cascades de perles, et les torrents roulaient, joyeux au soleil, ou hurlaient dans l'effroi des nuits d'hiver.

Petite bergère libre et rieuse, elle avait joué là, dans le bain continuel de la bonne lumière vivifiante, les membres robustes, presque nus, au soleil...

Puis elle songeait avec un frisson retrouvé aux épousailles magnifiques, quand on l'avait donnée à Rezki ou Saïd, le beau chasseur qu'elle aimait.

Et il lui semblait, dans le recul du souvenir, que

ces jours révolus avaient tous été sans trouble et sans tristesse, que tout s'enivrait alors de son ivresse.

Puis les heures noires étaient venues...

Brusquement, tout avait été brisé, rasé, dissipé, comme le vent disperse un tourbillon courant sur la route ensoleillée. Une nuit, des voleurs de chevaux avaient tué Rezki d'un coup de fusil... Ç'avait été le deuil affreux de toute sa chair arrachée, la folie des vêtements déchirés, des joues griffées, sanglantes sous les cheveux épars. Elle avait hurlé, comme les femelles sauvages de la montagne, sous la morsure du plomb... Après, son père s'était éteint, durant un hiver glacé, de misère et d'épouvante, comme la tempête amoncelait les lourdeurs de la neige sur le *gourbi* chancelant... Quelques mois après, Zouina, la mère de Taalith, épousait un marchand qui les emmenait toutes deux à Alger.

Et maintenant, Taalith était captive là, dans cette cour mauresque fermée comme une prison de hautes murailles peintes en bleu pâle, entourées de colonnades de cloître, au milieu de toute l'oppression inquiétante du vieil Alger turc et maure, tout d'obscurité et de méfiance farouche... Elle étouffait là, dans cette ombre délétère, parmi des femmes qui parlaient une autre langue et qui l'appelaient dédaigneusement la Kabyle.

Là, une nouvelle torture avait commencé : son beau-père voulait la remarier, la donner à son associé, vieux et laid.

La chair d'amoureuse de Taalith se révolta contre l'union sénile, et elle refusa, farouche.

— J'aime Rezki ! répondait-elle à sa mère quand elle lui parlait de sa jeunesse et de sa beauté, pour la décider.

Et c'était vrai. Elle aimait l'époux-amant mort, celui dont sa chair gardait le souvenir douloureusement doux.

Mais, devant l'insistance énervante de sa mère et la brutalité de son beau-père qui la battait cruellement, Taalith sentit l'inutilité de la lutte sans issue. Et puis, n'aimait-elle pas le mort, ne lui était-elle pas fidèle, ne se sentait-elle pas seule et incapable d'un nouvel amour ?

Son visage brun aux longs yeux de caresse triste, au front tatoué et à la bouche tendre se raidit, se tira en une maigreur maladive. Une flamme étrange s'alluma dans son regard assombri.

Un jour, elle dit à son beau-père :

— Puisque c'est écrit, j'obéirai...

Puis, toujours plus silencieuse et plus pâle, elle attendit.

C'était la veille du jour où devaient commencer les fêtes nuptiales. La nuit avait peu à peu assoupi les bruits des nichées pauvres de la maison. Taalith et Zouina étaient seules.

— Mère, dit Taalith avec un étrange sourire, je veux que tu m'habilles et que tu me pares, comme je serai demain, pour voir si je serai au moins belle, moi dont les yeux sont morts à force de pleurer !

Zouina, heureuse de ce qu'elle croyait un renouveau de joie enfantine, se hâta de passer à Taalith les fines chemises de gaze lamée, les *gandouras* de soie claire, les foulards chatoyants... puis elle la chargea de tous ses bijoux kabyles : sur sa tête aux longs cheveux teints, elle attacha le diadème d'argent orné de corail. Au cou nu et pur, elle enroula les colliers de verre, de pièces d'or et de corail, par-dessus le lourd gorgerin ciselé. Elle serra la taille souple dans la large ceinture d'argent et chargea les poignets ronds de bracelets, les chevilles frêles de *khalkhal*[1] chantants. Un collier de pâte odorante et durcie enveloppa le corps de Taalith d'une senteur chaude.

Puis Zouina, accroupie à terre, admira Taalith.

– Tu es belle, œil de gazelle ! répétait-elle.

Taalith avait pris son miroir. Elle se regarda longtemps, comme en extase, si longtemps que Zouina s'endormit.

Alors, retirant ses *khalkhal* sonores, Taalith sortit dans la cour toute blanche dans la lueur oblique de la lune, glissant sur le dallage, laissant les colonnades dans l'ombre bleue.

Comme en rêve, Taalith murmura :

– Il doit être tard !

Enfiévrée, tremblante, elle appuya son front brûlant contre le marbre froid d'une colonne... Une insupportable douleur serrait sa gorge, un sanglot muet qui la secouait toute, sans une larme. Les ornements de corail de son diadème eurent un faible cliquetis contre la pierre... Alors Taalith tressaillit, se redressa, très pâle.

Dans un coin, le vieux puits maure sommeillait, abîme étroit et sans fond.

Elle se pencha un instant, elle apparut ainsi, toute droite dans la gloire lunaire, comme une idole argentée.

Elle ferma les yeux, un murmure pieux d'Islam remua ses lèvres, et elle se laissa tomber, dans l'ombre d'en dessous, avec un frôlement de soie, un cli-

1. Bracelets de pieds portés par les femmes.

quetis de bijoux. Un choc mat, un clapotis lointain : l'eau noire, le monstre, léchait les parois gluantes... Puis tout se tut.

Taalith, parée en épousée, avait disparu. Tous l'accusèrent de s'être enfuie pour aller se prostituer dans les bouges de la casbah.

Mais Zouina, hagarde, vieillie, devina la vérité et supplia qu'on la descendît dans le puits au bout d'une corde. Devant cette incessante prière qui semblait de la folie, l'autorité fit murer le puits. Alors, Zouina s'arracha les ongles et la chair des mains contre la pierre, hurlant pendant des jours le nom chéri : Taalith !

On chercha au-dehors, en vain. Alors, on rouvrit le gouffre, un homme descendit, trouva Taalith qui flottait...

On ramena le cadavre sur les dalles blanches, et le soleil discret du soir ralluma les lueurs roses sur les bijoux enserrant encore les chairs boursouflées, verdâtres, toute l'immonde pourriture qui avait été Taalith...

Légionnaire

Se créer un monde personnel et fermé et s'entourer d'une atmosphère de rêve, écarter toute atteinte hostile du dehors, ne voir et ne sentir des êtres et des choses que ce qui lui plaisait, telle était la formule morale à laquelle avaient abouti les errements, les anxiétés et les recherches de Dmitri Orschanoff. Pendant ces cinq ans de Légion étrangère, dans un milieu restreint et monotone, à l'abri des luttes pour la satisfaction des besoins matériels, Orschanoff était parvenu à réaliser en grande partie ce programme d'égoïsme esthétique.

Mais son engagement touchait à sa fin et la question troublante de l'avenir immédiat se posait, mettant l'esprit d'Orschanoff en contact direct et douloureux avec les réalités qu'il voulait fuir.

Assagi cependant, il s'astreignit à raisonner presque froidement, à se méfier surtout des résolutions hâtives. Il ne se souvenait que trop du chaos d'idées, de sensations, de tentatives d'action qu'avait traversé son esprit de théoricien.

Enfant du peuple, orphelin très tôt, élevé par son oncle, pauvre diacre du village presque illettré, Dmitri avait pourtant pu, grâce aux sacrifices inouïs de son oncle, suivre les cours du gymnase. Puis, la mort l'ayant privé de tout soutien, il avait gagné sa vie comme répétiteur, en faisant sa médecine à Moscou. Mais, bientôt, ses études ne le satisfirent plus et, en un fougueux élan, il se mêla au mouvement révolutionnaire russe. Il dut fuir à l'étranger.

À Genève, il avait été accueilli par la Société de prévoyance des étudiants russes et avait pu entrer à la faculté. Mais, au lieu de continuer ses études, il s'était mis à « chercher sa voie ». Orateur de club, littérateur, peintre, musicien, Dmitri avait essayé de tout et n'avait persévéré en rien. Il sentait en lui des sources fécondes d'énergie, d'activité, et tous les champs sur lesquels il avait débuté lui semblaient trop étroits.

Dmitri Orschanoff avait la faculté rare de *pouvoir* réussir dans toutes ses tentatives, et cela presque sans peine. Avec une volonté ferme et de l'ordre dans les idées, cette faculté eût été précieuse, mais, dans le désarroi moral et intellectuel où se débattait Dmitri, elle lui fut funeste, lui permettant de se pardonner ses défaillances et de se promettre de regagner le temps perdu, *après*...

Ainsi passèrent trois années. Les camarades de Dmitri se lassèrent de cette versatilité incurable et pensèrent qu'ils avaient peut-être tort de soutenir matériellement ce caractère désordonné quand tant de modestes travailleurs peinaient, dans la gêne et même la misère. Aux premières allusions de la part de ses camarades, Dmitri se crut incompris, se révolta. Il se sentit de trop et s'en alla.

Sans ressources, et *pour se consoler*, il songea aux doctrines tolstoïennes sur l'excellence du travail manuel. Délibérément, il se fit ouvrier. Tour à tour manœuvre, ouvrier agricole, forgeron et étameur ambulant, il erra en Suisse, en Alsace et en Savoie.

L'hiver fut rude, la deuxième année de son vagabondage. Il parcourait les villages misérables de la Savoie montagneuse, avec un autre étameur, Jules Perrin.

La neige couvrait les routes désertes. La bise soufflait en tempête, gelant les pieds des chemineaux. Le travail et le pain manquaient. Et une grande désolation leur montait au cœur, des sommets blancs, de la vallée blanche, morte. Un jour, après une conversation avec un autre vagabond, au café, Perrin déclara à Dmitri qu'il allait, avec le copain, s'engager à la Légion étrangère pour manger à sa suffisance et pour avoir la paix.

Aller très loin, en Afrique, commencer une autre vie, cela sourit à l'esprit aventureux d'Orschanoff. D'ailleurs, depuis quelque temps, il sentait qu'un travail spontané, obscur encore, se faisait en lui. Il éprouvait un besoin de plus en plus intense de se recueillir et de penser. Or, là-bas, avec le pain et le toit assurés, il pourrait se renfermer en lui-même, s'analyser et suivre son âme qui, comme il disait, traversait « une période d'incubation ». Et Orschanoff suivit les deux vagabonds à Saint-Jean-de-Maurienne, au bureau de recrutement.

Sans savoir, sur le conseil d'un *ancien* qui les poussa du coude, ils optèrent pour « le deuxième Étranger ».

Dmitri se souvenait du voyage rapide et de l'étonnement presque voluptueux qu'il avait éprouvé en trouvant un printemps parfumé à son arrivée à Oran.

Puis on l'avait habillé en soldat, affublé d'un matricule, formé à la routine du métier. Il avait bien eu des moments de révolte, de dégoût... Mais il s'était empressé de se renfermer en lui-même, de s'insensibiliser en quelque sorte, et ce « processus » s'était terminé par un singulier apaisement dans ses idées et dans ses sentiments.

L'angoisse que, durant des années, avaient provoquée en lui son besoin excessif d'action, d'extériorisation, et l'impossibilité de satisfaire ce besoin démesuré avec ses forces, cette douloureuse angoisse avait fait place à un grand calme, à une tournure d'esprit toute contemplative. S'isolant complètement, cet homme qui, matériellement, était perpétuellement entouré d'individualités encombrantes, tapageuses, à l'esprit frondeur et méchant qui naît des contacts fortuits dans une foule, cet homme presque jamais seul, était parvenu à vivre comme un véritable anachorète et sa vie ne fut bientôt plus qu'un rêve.

Presque tous les soirs, il sortait après la soupe, et s'en allait, en dehors de la ville, errer le long des routes pulvérulentes. Puis il s'asseyait au sommet de quelque colline rougeâtre, plantée de lentisques et de palmiers nains. Il regardait le jour mourir, illuminant de sang et d'or Saïda, la vallée, les montagnes... Pendant un court instant, tout cela semblait embrasé. Puis de grandes ombres bleues montaient d'en bas vers les sommets, tout s'éteignait et, presque aussitôt, les étoiles pâles s'allumaient dans le ciel pur, encore vaguement mauve.

Et Dmitri sentait toute la tristesse de cette terre d'Afrique le pénétrer, immense, mais d'une douceur infinie.

Et c'était sa vie, cette contemplation calme, depuis qu'il avait cru comprendre que nous portons notre bonheur en nous-mêmes et que ce que nous cherchons dans le miroir mobile des choses, c'est notre propre image.

Maintenant il avait à résoudre cette question urgente : resterait-il, prolongerait-il cette vie lente qu'il aimait, pour cinq années encore, après lesquelles sa jeunesse serait à son déclin — car il aurait trente-six ans — ou bien s'en irait-il libre, régénéré, délivré de son ancienne folie ?

Sa raison lui disait qu'il n'avait plus besoin de rester là. Il avait obtenu sa naturalisation, car on s'était intéressé à lui. Il pouvait donc demeurer dans cette Algérie qu'il aimait, l'élire pour patrie adoptive.

Son âme était sortie victorieuse et fortifiée de toutes les luttes qu'il avait traversées. Il avait pénétré le secret précieux d'être heureux. Et il se sentait pris d'un immense besoin de liberté, de vie errante.

Au café du Drapeau, après la soupe du soir, des Allemands ivres tapaient à coups de poing sur le marbre gluant des tables. Ils chantaient à tue-tête, s'interrompant parfois pour se disputer.

Deux étudiants tchèques, échoués là comme élèves caporaux et qui avaient obligé Dmitri à les suivre dans ce débit, discutaient des théories socialistes. Orschanoff, accoudé sur la table, ne les écoutait pas. Il souffrait. S'il voulait rengager, un seul jour lui restait, et il ne parvenait pas à prendre une résolution. La chaleur et le tapage du débit lui devinrent intolérables. Les Allemands se levèrent et bousculèrent Dmitri et les Tchèques sous prétexte de trinquer avec eux... Pour la première fois peut-être depuis plusieurs années, Dmitri sentit toute la laideur environnante... Et il sortit.

En dehors de la ville, dans le rayonnement de feu du couchant, sur la route blanche, des Bédouins en loques, sur lesquels le soleil accrochait des lambeaux de pourpre, s'en allaient, poussant des chameaux chargés et chantant lentement, tristement. Devant eux, au haut d'une longue côte basse, la route semblait finir et l'horizon s'ouvrait, immense, tout en or.

La liberté était bonne et la vie était accueillante, tout en beauté, pour qui savait la comprendre et l'aimer...

Dmitri, apaisé enfin, résolut de s'en aller, d'élargir son rêve, de posséder, en amant et en esthète, la vie qui s'offrait si belle.

– Adieu, sergent Schmitz !
– Adieu, *der Russe* ! Et le sous-officier de garde accompagna d'un regard pensif, envieux peut-être, le soldat qui s'en allait pour toujours libre.

Le temps était clair. Les vilains jours de l'hiver étaient passés et, dans le ciel pâle, le soleil déjà ardent souriait. Une grande joie montait au cœur de Dmitri, de tout ce renouveau des choses et de la liberté enfin conquise.

Et il s'éloigna avec bonheur, quoique sans haine, de la grande caserne où il avait tant souffert et où son âme s'était régénérée.

Dmitri Orschanoff alla de ferme en ferme, travaillant chez les colons... Il les trouva bien différents des paysans de France et, souvent, regretta le temps où il partageait la rude vie des braves Savoyards. Mais il aimait ce pays âpre et splendide et ne voulut point le quitter.

Depuis la fin des derniers labours d'hiver, Dmitri était resté comme ouvrier permanent chez M. Moret, qui était satisfait de ce serviteur probe et silencieux, travailleur adroit et se contentant d'un salaire très modique, presque celui d'un indigène.

La ferme de M. Moret, très grande, était située entre des eucalyptus et des faux poivriers diaphanes, sur une colline basse qui dominait la plaine de la Mitidja[1]. Au loin bleuissait le grand massif de l'Ouarsenis, et Orléansville dominait, de ses remparts débordés de jardins, le cours sinueux et raviné du Cheliff.

Dmitri s'était construit un *gourbi* à l'écart, sur le bord d'un *oued* envahi par les lauriers-roses. Il avait planté quelques eucalyptus, pour s'isoler. Les grandes meules de paille, brunies par l'hiver, masquaient les bâtiments de la ferme, et la chaumière primitive devint pour Dmitri un véritable logis où il installa sa vie nouvelle, si paisible et si peu compliquée, malgré tout ce qu'il y avait en elle d'artificiel et d'ingénieux.

Ce dénuement matériel semblait à Dmitri une des conditions de la liberté et il avait même depuis longtemps cessé d'acheter des livres et des journaux, se contentant, selon son expression, de lire de la beauté dans le grand livre de l'univers, largement ouvert devant lui...

Ainsi, Dmitri Orschanoff était parvenu à vivre selon sa formule, à se dominer et à dominer les circonstances... Et il ne comprenait pas encore que, s'il était parvenu à cette victoire, ce n'était que parce que, jusque-là, les circonstances ne lui avaient point

1. Riche région agricole autour d'Alger.

été hostiles, et que sa puissance sur elles n'était qu'un leurre...

Tatani, la servante de Mme Moret, était une jeune fille svelte et brune, avec de grands yeux un peu éloignés l'un de l'autre, mais d'une forme parfaite. Elle avait une petite bouche au sourire gracieux et doux. Elle portait le costume des Mauresques citadines, un mouchoir noué en arrière sur les cheveux séparés par une raie, une *gandoura* serrée à la taille par un foulard, une chemise blanche à larges manches bouffantes. Elle ne se voilait pas, quoiqu'elle eût déjà seize ans. Ce costume, qui ressemblait tant à celui des paysannes de son pays, fut peut-être le point de départ, chez Dmitri, du sentiment qui se développa dans la suite d'une façon imprévue.

Plus Dmitri se familiarisait avec les bergers et les laboureurs arabes, plus il leur trouvait de ressemblance avec les obscurs et pauvres moujiks de son pays. Ils avaient la même ignorance profonde, éclairée seulement par une foi naïve et inébranlable en un bon Dieu et en un au-delà où devait régner la justice absente de ce monde... Ils étaient aussi pauvres, aussi misérables, et ils avaient la même soumission passive à l'autorité presque toute-puissante de l'administration qui, ici comme là-bas, était la maîtresse de leur sort. Devant l'injustice, ils courbaient la tête avec la même résignation fataliste... Dans leurs chants, plaintes assourdies et monotones ou longs cris parfois désolés, Dmitri reconnut l'insondable tristesse des mélopées qui avaient bercé son enfance. Et, enfant du peuple, il aima les Bédouins, pardonnant leurs défauts, car il en connaissait les causes... Tatani, la servante orpheline, lui apparut comme une

incarnation charmante de cette race et il éprouva
d'abord un simple plaisir esthétique à la voir aller et
venir dans la cour ou la maison, si gracieuse, si
alerte.

Mais Tatani souriait à Dmitri toutes les fois qu'elle
le voyait. Ce beau garçon d'un type inconnu, aux
cheveux châtains un peu longs et ondulés, aux larges yeux gris, très doux et très pensifs, avait attiré
la petite servante. Elle venait de perdre sa vieille
tante, qui l'avait étroitement surveillée et gardée
sage. Aussi, Tatani n'était-elle pas effrontée comme
le sont généralement les servantes mauresques.
Sans aucune complication de sentiments, toute proche de la nature, elle aimait Dmitri. Instruite très tôt
des choses de l'amour, elle éprouvait en sa présence
un trouble délicieux et, quand il n'était pas là, elle
pensait, sans chercher à combattre ce désir, combien il serait bon d'être à lui. Mais elle n'osait pas
lui faire d'avances, se contentant de chercher à le
voir le plus souvent possible.

La grosse Mme Moret, pas méchante, mais consi-
dérant sincèrement les indigènes comme une race
inférieure, était exigeante envers Tatani et la ru-
doyait souvent, la battant même. Dmitri éprouva
pour la petite servante une sorte de pitié douce, de
plus en plus attendrie. Bientôt, il lui parla, la ques-
tionna sur sa famille. Tatani n'avait plus qu'un
frère, ouvrier à Ténès, qui ne s'occupait pas d'elle
et auquel elle ne pensait jamais. Dmitri était chaste
par conviction et, longtemps, il ne songea pas même
à la possibilité d'aimer Tatani d'amour. Tranquille
vis-à-vis de sa conscience, Dmitri rechercha la société de la servante... Mais un jour vint où il sentit

bien qu'elle avait cessé d'être pour lui seulement une vision gracieuse embellissant sa vie : il partagea le trouble qu'éprouvait Tatani quand ils étaient seuls.

Mais, là encore, comme il n'y avait rien de laid ni de pervers dans le sentiment nouveau qu'il se découvrait pour elle, et que ce sentiment lui était délicieux, Dmitri s'y abandonna. Moins timide déjà, Tatani l'interrogeait à son tour. Elle parlait un peu français, et l'arabe devenait familier à Dmitri. Tatani écoutait ses récits, étonnée, pensive.

– Regarde la destinée de Dieu, lui dit-elle un jour. Tu es né si loin, si loin, que je ne sais pas même où cela peut être, car cela me semble un autre monde, ce pays dont tu me parles... et puis, Dieu t'a amené ici, près de moi qui ne sais rien, qui ne suis jamais allée plus loin qu'El Asnam ou Ténès !

Tatani avait ainsi des moments d'une mélancolie pensive qui ravissait Dmitri. Pour lui, malgré toute la simplicité enfantine de ce caractère de femme, un voile de mystère enveloppait cette fille d'une autre race, en augmentant l'attrait.

Comme il se sentait sincère, Dmitri ne se reprocha pas la pensée qui lui était venue, qui le grisait : faire de Tatani son amie, sa maîtresse. N'étaient-ils pas libres de s'aimer par-dessus toutes les barrières humaines, toutes les morales artificielles et hypocrites ?

Le soleil rouge se couchait derrière les montagnes dentelées qui dominent la Méditerranée, de Ténès à Mostaganem[1]. Ses rayons obliques roulaient à tra-

---

1. Sur la côte ouest de l'Algérie, en Oranie.

vers la Mitidja une onde de feu. Les quelques arbres, grands eucalyptus grêles, faux poivriers
onduleux comme des saules pleureurs, les quelques
bâtiments de la ferme Moret, tout cela semblait
grandi, magnifié, auréolé d'un nimbe pourpre. Dans
la campagne où le travail des hommes avait cessé,
un grand silence régnait.

Dmitri et Tatani étaient assis derrière les meules
protectrices et, la main dans la main, ils se taisaient,
car les paroles eussent troublé inutilement le charme
profond, la douceur indicible de l'heure.

Enfin, avant de partir pour la ferme, Tatani, tout
bas, promit à Dmitri de venir le rejoindre la nuit,
dans son *gourbi*. Et Dmitri, resté seul, s'étonna que
le bonheur vînt à lui comme cela, tout seul, dans la
vie qui, à ses débuts déjà lointains, lui avait semblé
si hostile, si dure à vivre. Le calme, la contemplation et l'ivresse charmante de l'amour, tout cela lui
était donné généreusement, et il songeait avec re-
connaissance à ces cinq années de labeur moral,
là-bas, dans la triste Saïda... Saïda ! *la Bienheureuse*...
Certes, elle était bénie, cette petite ville perdue où,
parmi les « heimatlos[1] » assombris par l'inclémence
des choses, il avait appris à être heureux !

Désormais, la vie de Dmitri Orschanoff ne fut plus
qu'un rêve très doux, auprès de la petite servante bédouine. Presque toutes les nuits, elle le rejoignait
dans l'ombre de son *gourbi* et, comme une épouse,
elle rangeait les hardes et l'humble ménage de
l'ouvrier. Puis, dans la sécurité de leur amour, dans
le silence complet de la nuit, ils se redisaient les mots
puérils, les mots éternellement berceurs de l'amour.

1. Allemand : apatride.

Quel était leur avenir ? Ils n'y songeaient que
pour se le représenter comme la continuation indéfinie de leur bonheur qui leur semblait devoir durer
autant qu'eux-mêmes.

Cependant entre leurs deux âmes si dissemblables
subsistait un abîme de mystère. Dmitri la voyait
toute simple, à peine plus compliquée que les oiseaux
de la plaine... Mais ce petit oiseau, tantôt rieur et
sautillant, tantôt triste tout à coup, ne ressemblait
pas aux oiseaux du lointain pays septentrional où
était né Dmitri : il y avait en elle toutes les hérédités
séculaires de la race sémitique, immobilisée encore
dans le décor propice de l'Afrique, dans l'ombre
mélancolique de l'Islam. Pour Tatani, Dmitri était
une énigme : elle l'aimait aussi intensément qu'elle
pouvait aimer, quoique regrettant qu'il fût un *kefer*,
un infidèle. Cependant, d'instinct, elle le devinait
très savant. Il répondait à toutes ses questions. Un
jour elle lui dit avec admiration :

– Toi, tu es très savant. Tu sais tout...

Puis, après un court silence, elle ajouta tristement :

– Oui, tu sais tout. Sauf une chose que même
moi, si ignorante, je n'ignore pas...

– Laquelle ?

– Qu'il n'y a qu'un seul Dieu et que Mahomet
est l'envoyé de Dieu.

Après avoir proféré le nom vénéré du *nabi*[1], elle
ajouta pieusement :

– Le salut et la paix soient sur Lui !

Dmitri lui prit les mains.

– Tatani chérie, dit-il, c'est vrai, je ne suis pas
musulman... Mais je ne suis pas non plus chrétien,

1. Prophète.

car, si j'avais le bonheur de croire en Dieu, j'y croirais certainement à la façon des musulmans...

Tatani demeura étonnée. Elle ne comprenait pas pourquoi, puisqu'il n'était pas *roumi*, Dmitri ne se faisait pas musulman... Car Tatani ne pouvait pas concevoir qu'une créature pût ne pas croire en Dieu...

Tout l'été et deux mois d'automne leur bonheur dura, sans que rien vînt le troubler.

Mais un jour, ce frère qui avait abandonné Tatani et qu'elle avait oublié, vint à la ferme réclamer sa sœur qu'il avait promise en mariage.

Elle essaya de protester, mais la loi était contre elle et elle dut obéir. Sans même avoir pu revoir Dmitri, elle dut voiler pour la première fois de sa vie son visage éploré et, montée sur une mule lente, suivre son frère dans un *douar* voisin où étaient les parents de sa femme.

Elle fut reçue presque avec dédain.

– Tu devrais encore être bien heureuse qu'un honnête homme veuille t'épouser, toi, une déclassée, une servante de *roumi*, que tout le monde a vue se débaucher avec des ouvriers.

Tel était le langage que lui tint son frère.

Tatani fut donnée à Ben Ziane, un *khammes*[1] de M. Moret. Elle revint donc habiter sur les terres de la ferme, près de Dmitri.

Orschanoff, quand il avait appris le départ de Tatani, avait éprouvé un sentiment de révolte voisin de la rage. Sa souffrance avait été aiguë, intolérable. Mais, devant le fait accompli, sanctionné par la loi, Dmitri était impuissant.

1. Métayer, ouvrier agricole.

Toute démarche de sa part eût aggravé le sort de Tatani.

Alors, Dmitri résolut de la revoir.

Après le dur labeur de la journée, Orschanoff passa toutes ses nuits à rôder autour du *gourbi* isolé de Ben Ziane.

Cet homme, un peu aisé, étranger à la tribu, avait épousé Tatani parce qu'elle lui avait plu, sans se soucier de l'opinion. Il la gardait jalousement.

Mais, parfois, Ben Ziane était obligé de se rendre aux marchés éloignés et d'y passer la nuit. Il laissait Tatani à la garde d'une vieille parente qui s'endormait dès la tombée du jour et à qui tout était égal, pourvu qu'on ne la dérangeât pas.

Dès que Tatani apprit que Dmitri la guettait, la nuit, elle s'enhardit et sortit. Dans les ténèbres, ils s'appelèrent doucement.

Dmitri la serra convulsivement dans ses bras et ils pleurèrent ensemble toute la détresse de leur séparation.

Depuis cette nuit-là, commença pour Dmitri une torture sans nom. Il ne vivait plus que du désir exaspéré et de l'espoir de revoir Tatani. Mais les occasions étaient rares et Dmitri s'épuisait à passer toutes les nuits aux aguets, dormait quelques heures dans l'herbe mouillée, sous la pluie, sous le vent déjà froid. Il attendait là, obstinément, tressaillant au moindre bruit, appelant parfois à voix basse. Tout ce qui n'était pas Tatani lui était devenu indifférent.

Il s'acquittait de sa besogne d'ouvrier par habitude, presque inconsciemment. Son *gourbi* tombait en ruine et il ne le réparait pas. Il négligeait sa mise et tout le monde avait pu deviner, rien qu'à ce brusque changement, le secret de ses amours avec Tatani. Quelquefois, après les nuits d'angoisse, les horribles nuits où elle ne venait pas, des idées troubles inquiétaient Dmitri... Il sentait la brute qui dort en chaque homme se réveiller en lui... Il eût voulu chercher l'apaisement dans le meurtre : tuer ce Ben Ziane, cet usurpateur, et la reprendre, puisqu'elle était à lui !

Parfois, Ben Ziane passait devant la ferme. Il était grand et fort, avec un profil d'aigle et de longs yeux fauves au dur regard de cruauté et d'audace...

Ainsi, d'un seul coup, à la première poussée brutale de la réalité, tout le bel édifice artificiel de ce que Dmitri appelait son hygiène morale s'était effondré, misérablement. Il commençait à voir son erreur, à comprendre que personne, pas plus lui qu'un autre, ne peut s'affranchir des lois inconnues, des lois tyranniques qui dirigent nos destinées terrestres. Mais un tel désarroi régnait en lui qu'il ne pouvait se raisonner.

Ils eurent encore quelques entrevues furtives... Comme la souffrance commune les avait rapprochés l'un de l'autre ! Comme ils se comprenaient et s'aimaient mieux et plus noblement depuis que leur tranquille bonheur de jadis avait été anéanti !

Le soleil se couchait. Dmitri rentra des champs. La nuit allait tomber, et il reverrait Tatani. En dehors de cela rien n'existait plus pour lui. Comme il conduisait les bœufs à l'abreuvoir, il entendit de loin deux coups de fusil successifs... Quelques instants après, des hommes qui couraient sur la route en criant passèrent. Salah, le garde champêtre indigène, entra dans la cour au grand trot, réclamant M. Moret, adjoint.

— Il y a Ben Ziane qui a tué sa femme, Tatani ben Kaddour, de deux coups de fusil...

L'Arabe, sans achever, partit.

Dmitri était demeuré immobile, plongé en une stupeur trouble, en une sombre épouvante. Puis il sentit une douleur aiguë en pensant que c'était lui l'assassin, que, sous prétexte d'aimer Tatani, en réalité pour la satisfaction de son égoïste passion, il l'avait conduite à la mort !

Dmitri, comme en rêve, suivit les gens de la ferme, qui, à travers champs, couraient vers le *gourbi*. Dehors, assis sur une pierre, les poignets enchaînés, le beau Ben Ziane était gardé par le garde champêtre et deux Bédouins. Le *caïd* écrivait à la hâte son rapport. Dans le *gourbi* où la foule avait pénétré, les femmes se lamentaient autour du cadavre étendu à terre. Mme Moret découvrit Tatani. Pâle, les yeux clos, la bouche entrouverte, la jeune femme semblait dormir. Sur sa *gandoura* rose, des taches brunes indiquaient les deux blessures en pleine poitrine. La parente racontait la scène rapide. Ben Ziane était subitement rentré du marché de Cavaignac avant le jour indiqué. Un autre *khammes* l'avait averti que, la veille, dans la nuit il avait vu sa femme sortir et rejoindre un homme dans les champs. Cet homme, c'était sans doute l'ancien amant de Tatani, l'ouvrier russe. En rentrant, Ben Ziane avait examiné les vêtements et les souliers de sa femme : le tout portait des taches de boue. Alors, il l'avait poussée contre le mur du *gourbi* et avait déchargé sur elle son fusil à bout portant.

Les yeux de Ben Ziane restaient obstinément fixés droit devant lui et un sombre orgueil y luisait. Et Dmitri songea que son devoir était de dire la vérité aux assises pour que cet homme ne fût pas condamné impitoyablement... Il n'eut pas la force de rester là plus longtemps, et il s'en alla, sentant que, désormais, tout lui était indifférent, qu'il ne désirait plus rien... Tout s'était effondré, l'écrasant, et il ne lui restait plus rien, sauf sa douleur aiguë et son remords.

La route serpente entre les collines rougeâtres, lépreuses, où poussent les lentisques noirâtres et les palmiers nains coriaces.

Dmitri Orschanoff, sous la grande capote bleue, erre lentement, lentement, sur la route grise et il regarde, apaisé maintenant pour toujours, le soleil rouge se coucher et la terre s'assombrir.

Après l'écroulement de sa dernière tentative de vie libre, Dmitri avait compris que sa place n'était pas parmi les hommes, qu'il serait toujours ou leur victime, ou leur bourreau, et il était revenu là, à la Légion, avec le seul désir désormais d'y rester pour jamais et de dormir un jour dans le coin des « heimatlos », au cimetière de Saïda...

Aïn Djaboub

Les concitoyens de Si Abderrahmane ben Boure-
nane, de Tlemcen, le vénéraient, malgré son jeune
âge, pour sa science et sa vie austère et pure. Cependant, il voyageait modestement, monté sur sa
mule blanche et accompagné d'un seul serviteur. Le
savant allait ainsi de ville en ville, pour s'instruire.

Un jour, à l'aube, il parvint dans les gorges sauvages de l'*oued* Allala, près de Ténès.

À un brusque tournant de la route, Si Abderrahmane arrêta sa mule et loua Dieu, tout haut, tant le
spectacle qui s'offrait à ses regards était beau.

Les montagnes s'écartaient, s'ouvrant en une
vallée de contours harmonieux. Au fond, l'*oued* Allala coulait, sinueux, vers la mer, qui fermait l'horizon.

Vers la droite, le mont Sidi Merouane s'avançait,
en pleine mer, en un promontoire élevé et hardi.

Au pied de la montagne, dans une boucle de
l'*oued*, la Ténès des musulmans apparaissait en am-
phithéâtre, toute blanche dans le brun chaud des
terres et le vert puissant des figuiers.

Une légère brume violette enveloppait la montagne et la vallée, tandis que des lueurs orangées et

rouges embrasaient lentement l'horizon oriental, derrière le *djebel*[1] Sidi Merouane.

Bientôt, les premiers rayons du soleil glissèrent sur les tuiles fauves des toits, sur le minaret et les murs blancs de la ville.

Et tout fut rose, dans la vallée et sur la montagne. Ténès apparut à Si Abderrahmane, à la plus gracieuse des heures, sous des couleurs virginales.

Près des vieux remparts noircis et minés par le temps, entre les maisons caduques, délabrées sous leur suaire de chaux immaculée, s'ouvre une petite place qu'anime seul un café maure fruste et enfumé, précédé d'un berceau fait de perches brutes où s'enroulent les pampres d'une vigne centenaire. Un large divan en plâtre, recouvert de nattes usées, sert de siège.

De là, on voit l'entrée des gorges, les forêts de pins, le *djebel* Sidi Abd el Kader et sa *koubba*[2] blanche, les ruines de la vieille citadelle qu'on appelle la *smala*. Tout en bas, parmi les roches éboulées et les lauriers-roses, l'*oued* Allala roule ses eaux claires.

Dans le jour, Si Abderrahmane professait le Coran et la Loi à la mosquée. On avait deviné en lui un grand savant et on l'importunait par des marques de respect qu'il fuyait.

Aussi venait-il tous les soirs, avant l'heure rouge du soleil couchant, s'étendre à demi sous le berceau de pampres.

Là, seul, dans un décor simple et tranquille, il goûtait des instants délicieux.

---

1. Montagne.
2. Sanctuaire consacré à un marabout ; la coupole du sanctuaire.

Loin de la demeure conjugale, il évitait soigneusement toutes les pensées et surtout tous les spectacles qui parlent aux sens et les réveillent.

Cependant, un soir, il se laissa aller à regarder un groupe de jeunes filles puisant de l'eau à la fontaine.

Leurs attitudes et leurs gestes étaient gracieux. Comme elles étaient presque enfants encore, elles jouaient à se jeter de l'eau en poussant de grands éclats de rire.

L'une d'elles pourtant semblait grave.

Plus grande que ses compagnes, elle voilait à demi la beauté de son visage et la splendeur de ses yeux, sous un vieux *haïk*[1] de laine blanche qu'elle retenait de la main. Sa grande amphore de terre cuite à la main, elle était montée sur un tas de décombres et elle semblait regarder, songeuse, l'incendie crépusculaire qui l'empourprait toute et qui mettait comme un nimbe léger autour de sa silhouette svelte.

Depuis cet instant, Si Abderrahmane connut les joies et les affres de l'amour.

Tout son empire sur lui-même, toute sa ferme raison l'abandonnèrent. Il se sentit plus faible qu'un enfant.

Désormais, il attendit fébrilement le soir pour revoir Lalia : il avait surpris son nom.

Enfin, un jour, il ne put résister au désir de lui parler, et il lui demanda à boire, presque humblement.

Gravement, détournant la tête, Lalia tendit sa cruche au *taleb*.

Puis, comme Si Abderrahmane était beau, et que, tous les soirs, il adressait la parole à la jeune fille,

---

1. Châle, voile, tissu fin.

celle-ci s'enhardit, lui souriant dès qu'elle l'aper-
cevait.

Il sut qu'elle était la fille de pauvres *khammes*, qu'elle
était promise à un cordonnier de la ville et qu'elle
ne viendrait bientôt plus à l'aiguade, parce que sa
plus jeune sœur, Aïcha, serait guérie d'une plaie qui
la retenait au lit et que ce serait à elle, non encore
nubile, de sortir.

Un soir, comme les regards et les rires de ses
compagnes faisaient rougir Lalia, elle dit tout bas à
Si Abderrahmane :

– Viens quand la nuit sera tombée, dans le Sahel,
sur la route de Sidi Merouane.

Malgré tous les efforts de sa volonté et les repro-
ches de sa conscience, Si Abderrahmane descendit
dans la vallée, dès que la nuit fut.

Et Lalia, tremblante, vint, pour se réfugier dans
les bras du *taleb*.

Toutes les nuits, comme sa mère dormait profon-
dément, Lalia pouvait s'échapper. Enveloppée du
burnous de son frère absent, elle venait furtivement
rejoindre Si Abderrahmane au Sahel, parmi les touf-
fes épaisses des lauriers-roses et les tamaris légers.

D'autres fois, les nuits de lune surtout, ils s'en allaient sur les coteaux de Chârir, dormir dans les *lia-
zir*[1] et le *kh_l*[2] parfumés, les grandes lavandes grises
et les romarins sauvages... Ils éprouvaient, à se ser-
rer l'un contre l'autre, dans l'insécurité et la fragilité
de leur union, une joie mélancolique, une volupté
presque amère qui leur arrachait parfois des larmes.

1. Romarin sauvage, habituellement utilisé dans le Sahara
comme tisane.
2. Lavande, comme indiqué plus loin.

Pendant quelque temps, les deux amants jouirent de ce bonheur caché.

Puis, brutalement, la destinée y mit fin ; le père de Si Abderrahmane étant à l'agonie, le *taleb* dut rentrer en toute hâte à Tlemcen.

Le soir des adieux, Lalia eut d'abord une crise de désespoir et de sanglots. Puis, résignée, elle se calma. Mais elle mena son amant à une vieille petite fontaine tapissée de mousse, sous le rempart.

– Bois, dit-elle, et sa voix de gorge prit un accent solennel. Bois, car c'est l'eau miraculeuse d'Aïn Djaboub, qui a pour vertu d'obliger au retour celui qui en a goûté. Maintenant, va, ô chéri, va, en paix. Mais celui qui a bu à l'Aïn Djaboub reviendra, et les larmes de ta Lalia sécheront ce jour-là.

– S'il plaît à Dieu je reviendrai. N'est-il pas dit : c'est le cœur qui guide nos pas ?

Et le *taleb* partit.

Lui que les voyages passionnaient jadis, que la variété des sites charmait, Si Abderrahmane sentit que, depuis qu'il avait quitté Ténès, tout lui semblait morne et décoloré. Le voyage l'ennuyait et les lieux qui lui plaisaient auparavant lui parurent laids et sans grâce.

« Hélas, pensa-t-il, ce ne sont pas les choses qui sont changées, mais bien mon âme en deuil. »

Le père de Si Abderrahmane mourut et les gens de Tlemcen obligèrent en quelque sorte Si Abderrahmane à occuper le poste du défunt, grand *mouderrès*[1].

Il fut entouré des honneurs dus à sa science et à sa vie dont la pureté approchait de la sainteté. Il

---

1. Maître, savant.

avait pour épouse une femme jeune et charmante, il jouissait de l'opulence la plus large.

Et cependant, Si Abderrahmane demeurait sombre et soucieux. Sa pensée nostalgique habitait Ténès, auprès de Lalia.

Il eut le courage de demeurer cinq ans dans ses fonctions de *mouderrès*. Quand son jeune frère Si Ali l'eut égalé en science et en mérites de toutes sortes, Si Abderrahmane se désista de sa charge en sa faveur. Il répudia sa femme et partit.

Il retrouverait Lalia et l'épouserait...

Ainsi, Si Abderrahmane raisonnait comme un petit enfant, oubliant que l'homme ne jouit jamais deux fois du même bonheur.

Et à Ténès, où il était arrivé comme en une patrie, le cœur bondissant de joie, Si Abderrahmane ne trouva de Lalia qu'une petite tombe grise, sous l'ombre grêle d'un eucalyptus, dans la vallée.

Lalia était morte, après avoir attendu le *taleb* dans les larmes plus de deux années.

Alors, Si Abderrahmane se vit sur le bord de l'abîme sans bornes, qui est le néant de toutes choses.

Il comprit l'inanité de notre vouloir et la folie funeste de notre cœur avide qui nous fait chercher la plus impossible des choses : le recommencement des heures mortes.

Si Abderrahmane quitta ses vêtements de soie de citadin et s'enveloppa de laine grossière. Il laissa pousser ses cheveux et s'en alla nu-pieds dans la montagne, où, de ses mains inhabiles, il bâtit un *gourbi*. Il s'y retira, vivant désormais de la charité des croyants qui vénèrent les solitaires et les pauvres.

Sa gloire maraboutique se répandit au loin. Il vivait dans la prière et la contemplation, si doux et si pacifique que les bêtes craintives des bois se couchaient à ses pieds, confiantes.

Et cependant, l'anachorète revoyait, des yeux de la mémoire, Ténès baignée d'or pourpre et la silhouette auréolée de Lalia l'inoubliée, et l'ombre complice des figuiers du Sahel, et les nuits de lune sur les coteaux de Chârir, sur les lavandes d'argent et sur la mer, tout en bas, assoupie en son murmure éternel.

Le Meddah[1]

Dans les compartiments de troisième classe, étroits et délabrés, la foule, en *burnous* terreux, s'entasse bruyamment. Le train est déjà parti et roule, indolent, sur les rails surchauffés, que les Bédouins ne sont pas encore installés. C'est un grand brouhaha joyeux... Ils passent et repassent par-dessus les cloisons basses, ils calent leurs sacs et leurs baluchons en loques, s'organisant comme pour un très long voyage... Habitués aux grands espaces libres, ils s'interpellent très haut, rient, plaisantent, échangent des bourrades amicales.

Enfin, tout le monde est casé, dans l'étouffement croissant des petites cages envahies à chaque instant par des tourbillons de fumée lourde, chargée de suie noire et gluante.

Un silence relatif se fait.

Des baluchons informes, des sacs, émergent les *djouak*[2] les *gasba*[3], les *benadir*[4] et une *rhaïta*[5], tout l'orchestre obligé des pèlerinages arabes.

1. Sorte de rapsode.
2. Flûte de roseau.
3. Instrument de musique à percussion.
4. Sorte de tambourin « bendir ».
5. Sorte de cornemuse.

Alors, dans le compartiment du centre, un homme se lève, jeune, grand, robuste, fièrement drapé dans son *burnous* dont la propreté blanche contraste avec le ton terreux des autres... Son visage plus régulier, plus beau, d'homme du Sud est bronzé, tanné par le soleil et le vent. Ses yeux, longs et très noirs, brillent d'un singulier éclat sous ses sourcils bien arqués.

De sa main effilée d'oisif, il impose silence.

C'est El Hadj Abd el Kader, le *meddah*. Il va chanter et tous les autres, à genoux sur les banquettes, se penchent sur les cloisons pour l'écouter.

Alors, tout doucement, en sourdine, les *djouak* et les *gasba* commencent à distiller une tristesse lente, douce, infinie, tandis que, discrètement encore, les *benadir* battent la mesure monotone.

Les roseaux magiques se taisent et le *meddah* commence, sur un air étrange, une mélopée sur le sultan des saints, Sidi Abd el Kader Djilani de Bagdad.

> *Guéris-moi, ô Djilani, flambeau des ténèbres !*
> *Guéris-moi, ô la meilleure des créatures !*
> *Mon cœur est en proie à la crainte.*
> *Mais je fais de toi mon rempart.*

Sa voix, rapide sur les premiers mots de chaque vers, termine en traînant, comme sur une plainte. Enfin, il s'arrête sur un long cri triste, repris aussitôt par la *rhaïta* criarde, qui sanglote et qui fait rage, éperdue, comme en désespoir... Et c'est de nouveau le bruissement d'eau sur les cailloux ou de brise dans les roseaux des *djouak* et des *gasba* qui reprend, quand se tait la *rhaïta* aux accents sauvages... puis la voix sonore et plaintive du rapsode arabe.

Les auditeurs enthousiastes soulignent certains passages par des *Allah ! Allah !* admiratifs.

Et le train, serpent noir, s'en va à travers la campagne calcinée, emportant les *ziar*[1], leur musique et leur gaieté naïve vers quelque blanche *koubba* de la terre africaine.

Vers le nord, les hautes montagnes fermant la Medjoua murent l'horizon. De crête en crête, vers le sud, elles s'abaissent peu à peu jusqu'à la plaine immense du Hodna.

Au sommet d'une colline élevée, sur une sorte de terrasse crevassée et rouge, sans un arbre, sans un brin d'herbe, s'élève une petite *koubba*[2], toute laiteuse, esseulée dans toute la désolation du chaos de coteaux arides et âpres où la lumière incandescente de l'été jette des reflets d'incendie.

En plein soleil, une foule se meut, houleuse, aux groupes sans cesse changeants et d'une teinte uniforme d'un fauve très clair... Les Bédouins vont et viennent, avec de grands appels chantants autour du *makam*[3] élevé là en l'honneur de Sidi Abd el Kader, le seigneur des Hauts-Lieux.

Sous des tentes en toile bise déchirées, des Kabyles en blouse et turban débitent du café mal moulu dans des tasses ébréchées. Attirées par le liquide sucré, sur les visages en moiteur, sur les mains, dans les yeux des consommateurs, les mouches s'acharnent, exaspérées par la chaleur.

Les mouches bourdonnent et les Bédouins discutent, rient, se querellent sans se lasser, comme si leur gosier était d'airain. Ils parlent des affaires de

1. Pèlerins.
2. Sanctuaire consacré à un marabout.
3. Monument funéraire.

leur tribu, des marchés de la région, du prix des
denrées, de la récolte, des petits trafics rusés sur les
bestiaux, des impôts à payer bientôt.

À l'écart, sous une grande tente rayée et basse,
les femmes gazouillent, invisibles, mais attirantes toujours, fascinantes par leur seul voisinage pour les jeunes hommes de la tribu.

Ils rôdent le plus près possible de la bienheureuse
bit ech châr[1], et quelquefois un regard chargé de
haine échangé avec une sourde menace de la voix
ou du geste révèle tout un mystérieux roman, qui
se changera peut-être bientôt en drame sanglant.

À demi couché sur une natte, les yeux mi-clos, le
meddah se repose.

Très apprécié pour sa belle voix et son inépuisa-
ble répertoire, El Hadj Abd el Kader ne se laisse
pas mener par l'auditoire. Indolent et de manières
douces, il sait devenir terrible quand on le bouscule.
Il se considère lui-même comme un personnage
d'importance et ne chante que quand cela lui plaît.

Originaire de la tribu – héréditairement viciée
par les séculaires prostitutions – des Ouled Naïl,
vagabond dès l'enfance, accompagnant des *meddah*
qui lui avaient enseigné leur art, El Hadj Abd el
Kader avait réussi à aller au pèlerinage des villes
saintes, dans la suite d'un grand *marabout* pieux.
Adroit et égoïste, mais d'esprit curieux, il avait,
pour revenir, pris le chemin des écoliers : il avait
parcouru la Syrie, l'Asie mineure, l'Égypte, la Tri-
politaine et la Tunisie, recueillant, par-ci par-là, les
histoires merveilleuses, les chants pieux, voire les
cantilènes d'amour et de *nefra* affectionnés des Bédouins... Il sait dire ces histoires et ses propres sou-

1. « Maison de la lumière ».

venirs avec un art inconscient. Illettré, il jouit parmi les *tolba* eux-mêmes d'un respect général rendant hommage à son expérience et à son intelligence. Indolent, satisfait de peu, aimant par-dessus tout ses aises, le *meddah* ne voulut jamais tremper dans les louches histoires de vol qu'il a côtoyées parfois et n'a à se reprocher que les aventures, souvent périlleuses, que lui fait poursuivre sa nature de jouisseur, d'amoureux dont la réputation oblige.

En tribu, le coq parfait, l'homme à femmes risquant sa tête pour les belles difficilement accessibles, jouit d'une notoriété flatteuse et, malgré les mœurs, malgré la jalousie farouche, ce genre d'exploits bénéficie d'une indulgence relative, à condition d'éviter les conflits avec les intéressés et surtout le flagrant délit, presque toujours fatal. Pour l'étranger, cette quasi-tolérance est bien moindre, et l'auréole de courage du *meddah* se magnifie encore de ce surcroît de danger et d'audace.

Aussi, durant toute la fête, les yeux du nomade cherchent-ils passionnément à découvrir, sous le voile de mystère de la tente des femmes, quelque signe à peine perceptible, prometteur de conquête.

Après les danses, les luttes, la longue station autour du *meddah*, dont la robuste poitrine ne se lasse pas, après les quelques sous de la *ziara*[1] donnés à *l'oukil*[2], qui répond par des bénédictions, les Bédouins, las, s'endorment très tard, roulés dans leurs *burnous*, à même la bonne terre familière, refuge de leur confiante misère. Peu à peu, un grand silence se fait, et la lune promène seule sa clarté rose sur les groupes endormis sur la terre nue...

1. Offrande des pèlerins.
2. Sorte d'administrateur chargé des affaires financières.

C'est l'heure où l'on peut voir un fantôme fugitif descendre dans le lit desséché de l'*oued*, où, assis sur une pierre, le *meddah* attend, dans la grisante incertitude... Comment sera-t-elle, l'inconnue qui, dessous l'étoffe lourde de la tente, lui fit, au soleil couchant, un signe de la main ?

Sur des chariots, sur des mulets, à pied ou poussant devant eux de petits ânes chargés, les *ziar* de Sidi Abd el Kader s'en vont, et, arrivés au pied de la colline, se dispersent pour regagner leurs *douar*, cachés par là-bas dans le flamboiement morne de la campagne.

Et le *meddah*, lui, prend au hasard une piste quelconque, son maigre paquet de hardes en sautoir, attaché d'une ficelle. Droit, la tête haute, le pas lent, il s'en va vers d'autres *koubba*, vers d'autres troupes de *ziar*, qu'il charmera du son de sa voix et dont les filles l'aimeront, dans les nuits complices...

Insouciant, couchant dans les cafés maures où on l'héberge et où on le nourrit pour quelques couplets ou quelques histoires, El Hadj Abd el Kader s'en va à travers les tribus bédouines ou kabyles, sédentaires ou nomades, remontant en été vers le nord, franchissant en hiver les Hauts Plateaux glacés pour aller dans les *ports* souriants du Sahara : Biskra, Bou Saâda, Tiaret...

De marché en marché, de *taâm* en *taâm*[1], il erre ainsi, heureux, en somme, du bonheur fugitif, peu compliqué des vagabonds-nés...

Mais un jour vient, insidieux, inexorable, où toute cette progression, à travers des petites joies successives, faisant oublier les revers, s'arrête.

---

1. Nourriture ; couscous.

La taille d'El Hadj Abd el Kader s'est cassée, sa démarche est devenue incertaine, l'éclat de ses yeux de flamme s'est éteint : le beau *meddah* est devenu vieux.

Alors, mendiant aveugle, il continue d'errer, plus lentement, conduit par un petit garçon quelconque, recruté dans l'armée nombreuse essaimée sur les grandes routes... Le vieux demande l'aumône et le petit tend la main.

Parfois, pris d'une tristesse sans nom, le vieux vagabond se met à chanter, d'une voix chevrotante, des lambeaux de couplets, ou à ânonner des bribes des belles histoires de jadis, confuses, brouillées dans son cerveau finissant...

Un jour, des Bédouins qui s'en vont au marché trouvent, sur le bord de leur chemin, le corps raidi du mendiant, endormi dans le soleil, souriant, en une suprême indifférence... *Allah iarhemou**, disent les musulmans qui passent, sans un frisson...

Et le corps achève de se raidir, sous la dernière caresse du jour naissant, souriant avec la même joie mystérieuse à l'éternelle Vie et à l'éternelle Mort, aux fleurs du sentier et au cadavre du *meddah*...

---

* « Dieu lui accorde sa miséricorde. » Se dit des morts. (*N. d. A.*)

Campement

Le jour d'hiver se levait, pâle, grisâtre sur la *hammada*[1] pierreuse. À l'horizon oriental, au-dessus des dunes fauves de la Zousfana, une lueur sulfureuse pâlissait les lourdes buées grises. Les arêtes sèches, les murailles abruptes des montagnes se détachaient en teintes neutres sur l'opacité du ciel morne.

La palmeraie de Beni Ounif, transie, aux têtes échevelées, s'emplissait de poussière blafarde, et les vieilles maisons en *toub*[2] du *ksar*[3] émergeaient, jaunâtres, de l'ombre lourde de la vallée, au-delà des grands cimetières désolés.

Une tristesse immense planait sur le désert, terne, dépouillé de sa parure splendide de lumière.

Dans la vallée, autour des chevaux entravés couverts de vieilles couvertures en loques, des chameaux couchés, *goumiers*[4] et *sokhar*[5] s'éveillaient. Un murmure montait des tas de *burnous* terreux, roulés sur

1. Espace désertique.
2. Argile séchée.
3. *Ksar* (pluriel : *ksour*) : village fortifié d'Afrique du Nord.
4. Militaire appartenant à un *goum*, formation militaire supplétive recrutée par la France au Maghreb.
5. Convoyeur responsable des chameaux.

le sol, parmi les bissacs noirs et blancs, les *tellis*[1] en laine et toute la confusion des pauvres bagages nomades. Le rauquement plaintif des chameaux bousculés couvrait ces voix humaines, au réveil maussade.

En silence, sans entrain, des hommes se levaient pour allumer les feux. Dans l'humidité froide, les *djerid*[2] secs fumaient, sans la gaieté des flammes.

Depuis des mois, abandonnant leurs *douar*, les nomades marchaient ainsi dans le désert, avec les convois et les colonnes, poussant leurs chameaux maigres dans la continuelle insécurité du pays, sillonné de *djiouch*[3] affamés, de bandes faméliques de coupeurs de routes, terrés comme des chacals guetteurs dans les défilés arides de la montagne.

Depuis des mois, ils avaient oublié la somnolente quiétude de leur existence de jadis, sans autre souci que leur maigre pitance, et les éternelles querelles de tribu à tribu, que vidaient quelques coups de fusil, sans écho...

Maintenant, c'était l'hiver, le froid glacial, les nuits sans abri, près des brasiers fumeux, dans l'attente et l'incertitude d'un nouveau départ.

Avec la grande résignation de leur race, ils s'étaient faits à cette vie, la subissaient, parce que, comme tout ici-bas, elle venait de Dieu.

Des voisinages de hasard, des amitiés étaient nées, de ces rapides fraternités d'armes, écloses un jour, et sans lendemain.

---

1. Grands sacs doubles en tissu de laine et de poil pour mettre les grains ; sacs doubles en laine ou en palmier nain ; tapis à raies de couleur.
2. Palmes.
3. Pilleurs armés.

Et c'étaient des petits groupes d'hommes qui atta-
chaient leurs chevaux ensemble, ou qui poussaient
leurs chameaux vers le même coin du camp, qui
mangeaient dans la même grande écuelle de bois, et
mettaient en commun les intérêts peu compliqués
de leur vie : achats de denrées, soins des bêtes – leur
seule fortune – et, le soir, longues veillées autour
du feu, passées à chanter les cantilènes monotones
du *bled* natal, souvent lointain, et à jouer du petit
djouak en roseau. Les uns étaient des Amour d'Aïn
Sefra, d'autres des Hamyan de Mecheria, des Trafi
de Géryville. Quelques-uns, poètes instinctifs et il-
lettrés, improvisaient des mélopées sur les événements récents, disant la tristesse de l'exil, les dangers
sans cesse renaissants, l'âpreté du *pays de la poudre*,
les escarmouches si nombreuses qu'elles ne surpre-
naient ni n'inquiétaient plus personne, devenant
choses accoutumées...

Et il y avait, au fond de tous ces chants, l'immense
insouciance de tout, qui était latente en leurs cœurs
simples, et qui les rendait braves.

Parfois, des *nefra* éclataient entre gens de tribus
ou même de tentes différentes... Alors, souvent, le
sang coulait.

Le vent glacé balaya brusquement le camp des
Trafi, soulevant des tourbillons de poussière et de
fumée, faisant claquer la toile tendue du *marabout*
blanc du chef de *goum*[1] ornée d'un fanion tricolore.

La silhouette de l'officier français passa... Placide,
les mains fourrées dans les poches de son pantalon
de toile bleue, la pipe à la bouche, il inspectait hommes et bêtes, distraitement.

1. Voir note 4, p. 99.

Autour d'un feu, trois *goumiers* et un *sokhar* Hamyan parlaient avec véhémence, quoique bas. Leurs visages de gerfauts aux yeux d'ombre et aux dents de nacre se penchaient, attentivement, et la colère agitait leurs bras maigres : la veille au soir, l'un d'eux, Abdallah ben Cheikh, s'était pris de querelle avec un chamelier marocain des Doui Menia campés sur la hauteur, près du village.

Hammou Hassine, un très vieux dont une barbe neigeuse couvrait le masque brûlé et maigre, murmura :

– Abdallah... les nuits sont noires et sans lune. De nos jours la poudre parle souvent toute seule... On ne sait jamais.

Tout de suite, l'excitation des nomades tomba. Des sourires à dents blanches illuminèrent l'obscurité de leurs visages.

Ils achevèrent de boire le café, puis ils se levèrent, secouant la terre qui alourdissait leurs *burnous*. Lentement, paresseusement, ils vaquèrent aux menus soins du camp ; ils suspendirent les vieilles musettes de laine rouge au cou des chevaux, ils étendirent de la menue paille fraîche devant leurs bêtes, firent un pansage sommaire au cheval gris de l'officier. Quelques-uns commencèrent des reprises aux harnachements, à leurs *burnous*. D'autres montèrent au village, pour d'interminables marchandages chez les Juifs, et de longues beuveries de thé marocain dans les salles frustes des cafés maures.

Ils n'éprouvaient pas d'ennui, dans leur inaction forcée. Des chameaux grognèrent et se mordirent, un cheval se détacha et galopa furieusement à travers le camp. Deux hommes se disputèrent pour quelques brassées de paille...

Et ce fut tout, comme tous les jours, dans la monotonie des heures vides.

Abdallah ben Cheikh et le *sokhar* Abdeldjebbar ould Hada s'en allèrent lentement, la main dans la main, vers le lit desséché de l'*oued*.

Assis derrière une touffe de lauriers-roses, ils parlèrent bas, s'entendant pour la vengeance. Abdallah et Abdeldjebbar étaient devenus des amis inséparables. Très jeunes tous deux, très audacieux, ils avaient déjà poursuivi ensemble des aventures périlleuses d'amour, au *douar* du *makhzen*, ou chez les belles Amouriat de Zenaga.

Ils demeurèrent ensemble le restant de la journée, inspectant soigneusement, sans en avoir l'air, le camp des Doui Menia.

Après un crépuscule de sang trouble, sous la voûte tout de suite noire des nuages, la nuit tomba, lourde, opaque. Le vent s'était calmé et ce fut bientôt le silence dans l'immensité vide d'alentour.

Dans les camps, on chantait encore, autour des feux qui s'éteignaient, jetant parfois leurs dernières lueurs roses sur les nomades couchés, roulés dans leurs *burnous* noirs ou blancs.

Puis tout se tut. Les chiens seuls grognaient de temps en temps, comme pour se tenir éveillés.

Un coup de feu déchira le silence. Ce fut un grand tumulte, des *djerid* qui s'enflammaient, agités à bras tendus : on trouva le Menia près de ses chameaux, roulé à terre, la poitrine traversée.

Au camp des Trafi, Abdallah ben Cheikh joignait ses questions à celles de ses camarades, tandis que, dans l'ombre, Abdeldjebbar regagnait les chameaux de son père, entassés les uns près des autres, autour du brasier éteint.

L'enquête n'aboutit à rien. On enterra le Menia dans le sable roux, et on amoncela quelques pierres noires sur le tertre bas, que le vent rasa en quelques jours.

Le siroco avait cessé de souffler et, dans les jardins, la fraîcheur humide des nuits faisait naître comme un pâle printemps, des herbes très vertes sous les dattiers dépouillés de leur moire de poussière grise.

Un grand mouvement régnait dans les camps et au village : l'ordre de partir était arrivé. Les *goumiers* Trafi et les Amour s'en allaient à Bechar, avec une colonne. Les *sokhar* descendaient vers le sud, avec le convoi de Beni Abbès.

Accroupis en cercle dans les rues du village, parmi les matériaux de construction et les plâtras, les *mokhazni*[1] en *burnous* bleu, les *spahis* rouges et les nomades aux voiles fauves partageaient tumultueusement des vivres et de l'argent avant de se séparer : ils liquidaient les vies communes, provisoires.

Les *sokhar* et leurs *bach hammar*[2] poussaient les chameaux dans l'espace nu qui sépare la gare du chemin de fer des murailles grises de la redoute et du bureau arabe.

Parfois, un cavalier passait au galop, jetant l'épouvante et le désordre dans le groupe compact de chameaux dont la grande voix rauque et sauvage dominait tous les bruits.

1. Cavalier du *makhzen*.
2. Guide de caravanes ou de convois.

Les nomades s'appelaient, se parlant de très loin, par longs cris chantants, par gestes échevelés.

Et c'était un chaos de chameaux, de chevaux sellés, d'*arabas*[1] grinçantes, de sacs, de caisses, de *burnous* claquant au vent, dans la poussière d'or tourbillonnant au soleil radieux...

Puis le *goum* des Trafi, avec ses petits fanions tricolores flottant au-dessus des cavaliers, tourna la redoute et s'en alla vers l'ouest.

Pendant un instant, on le vit, baigné de lumière, sur le fond sombre de la montagne... Puis, il disparut.

Lentement les chameaux chargés descendirent dans la plaine, en longue file noire, poussés par les *sokhar*.

Une compagnie de tirailleurs fila sur la gauche avec un piétinement confus, piquant le rouge des *chechia* et des ceintures sur la teinte bise de la tenue de campagne.

Les derniers chameaux disparurent dans la brume rose, sur la route de Djenan ed Dar, vers le sud. Dans sa vallée aride, Beni Ounif retomba au silence somnolent.

Les nomades étaient partis, sans un regard de regret pour ce coin de pays où ils avaient vécu quelques semaines.

Sur l'emplacement désert des campements, des tas de cendre grise et des monceaux d'ordures attestaient seuls le séjour de tous ces hommes qui, après avoir dormi, mangé, aimé, ri et tué ensemble, s'étaient séparés, le cœur léger, peut-être pour toujours.

1. Attelages, charrettes.

Deuil

Un long voile de gaze mauve, transparente, pailletée d'argent, jeté sur un foulard de soie vert tendre, encadrant un visage pâle, ovale, et ombrant la peau veloutée, l'éclat des longs yeux sombres. Dans le lobe délicat des oreilles, deux grands cercles d'or ornés d'une perle tremblante, d'un brillant humide de goutte de rosée. Sur la sveltesse juvénile du corps souple, une lourde robe de velours violet, aux chauds reflets pourpres et, pour en tamiser et en adoucir le luxe pompeux, une mince tunique de mousseline blanche brochée. La finesse des poignets, chargés de bracelets, où saignaient des incrustations de corail. Des attitudes graves, sourires discrets, beaucoup de tristesse inconsciente souvent, gestes lents et rythmés, balancement voluptueux des hanches, voix de gorge pure et modulée :

Fatima Zohra, danseuse du *djebel* Amour.

Dans une ruelle européenne d'Aflou, près du grand minaret fuselé de la nouvelle mosquée, Fatima Zohra habitait une boutique étroite, châsse hétéroclite et délabrée de sa beauté ; un lit de France à boules polies, réhabilité par l'écroulement soyeux d'un *ferrach*[1] de haute laine aux couleurs ardentes, laide armoire à glace voilée d'étoffes chatoyantes, coffres du Maroc peints en vert et ornés de ciselures en cuivre massif, petite table basse, historiée en fleurs naïves, superbe aiguière au col élancé, fine, gracile, allumant des feux fauves dans la pénombre violette... Le rideau blanc de la fenêtre brodant de ramages légers le fond bleu du ciel entrevu.

Touhami ould Mohammed, fils du *caïd* des Ouled Smaïl, avait transplanté là Fatima Zohra, fruit savoureux des collines de pierre rose du *djebel* Amour.

Dans la brousse, thuyas sombres et genévriers argentés, dans le parfum pénétrant et frais des thyms et des lavandes, sous une tente noire et rouge, Fatima Zohra était née, avait grandi, bergère insouciante, fleur hâtive, épanouie au soleil dévorateur.

Un jour d'été, près du *r'dir*[2] rougeâtre où elle emplissait sa peau de bouc, le fils des *djouad*[3] l'avait vue et aimée. Il chassait dans la région, avec les *khammes* de son père et les minces *sloughis*[4] fauves. Touhami revint ; il posséda Fatima Zohra, parce qu'il était parfaitement beau, très jeune, malgré la fine barbe noire qui virilisait sa face régulière aux lignes sobres, parce que aussi il était très généreux, parant la beauté de la vierge primitive. D'ailleurs, c'était écrit.

Elle l'avait suivi dans la corruption de la petite cité prostituée. Elle était sans regret, ne laissant sous la tente paternelle qu'une marâtre hostile et l'éternelle misère bédouine.

1. Tissu, étoffe.
2. Flaque d'eau dans les terres argileuses.
3. Cavalier noble.
4. Lévriers arabes à poil ras, à la robe couleur de sable.

Passive, d'abord, héréditairement, Fatima Zohra était devenue une amoureuse ardente, à l'éveil de ses sens harmonieux, faits pour les voluptés.

Pour elle, Touhami laissa sa femme, jeune et belle, languir seule dans la *smala* du *caïd* Mohammed. Il brava la colère de son père, de ses oncles, la réprobation de tous les musulmans pieux. Il passait des jours et des semaines d'assoupissement voluptueux, dans le refuge de Fatima Zohra, indifférent à tout, tout entier à l'emprise de leur sensualité inassouvie, exaspérée dans l'inaction et la solitude à deux. Il vécut ainsi, avec la grande insouciance de sa race, d'une prodigalité folle, s'endettant chez les Juifs, comptant sur son père, malgré tout.

Puis, un jour, tout fut anéanti, brisé, balayé : on se battait dans le Sud-Ouest, le *beylik*[1] avait besoin de *goums* de toutes les tribus nomades de la région. Le *caïd* Mohammed saisit cette occasion : il prétexta sa vieillesse et fit désigner son fils aîné pour commander les *goums* des Ouled Smaïl.

Fatima Zohra se lamenta. Touhami devint sombre, partagé entre le regret des griseries perdues et la joie orgueilleuse de partir pour la guerre.

La guerre ! Dans l'esprit de Touhami, ce devait être quelque chose comme une grande *fantasia* très dangereuse, où on pouvait mourir, mais d'où on revenait parfois couvert de gloire et de décorations. Lui comptait sur sa chance.

Il fallait partir tout de suite, et les amants se résignèrent à l'inévitable. Leur dernière nuit fut ineffable : extases douloureuses finissant dans les larmes, serments très jeunes, très naïfs, très irréalisables...

1. Seigneur.

Le large disque carminé du soleil nageait, sans rayons, dans l'océan pourpre de l'aube. De petits nuages légers fuyaient, tout frangés d'or, sous le vent frais des premiers matins d'automne, et de grandes ondes de lumière opaline roulaient dans la plaine, sur l'alfa houleuse.

Les *goumiers*, en *burnous* blancs ou noirs, encapuchonnés, silhouettes archaïques, traversèrent le village, sur leurs petits chevaux maigres, nerveux, que les longs éperons de fer excitaient à plaisir. En tête, Touhami faisait cabrer son étalon noir. Il avait grand air, avec ses *burnous* et son *haïk* de soie blanche, sa veste bleue toute chamarrée d'or et sa selle en peau de panthère brodée d'argent. Il était heureux maintenant, et son visage rayonnait : il commandait des hommes, il les menait au combat.

Les belles filles ouvraient leurs portes pour dire adieu aux cavaliers qui passaient, amants anciens, amants de la veille, qui leur souriaient, très fiers eux aussi.

Parée et immobile comme une idole, les joues pâles et les paupières gonflées de larmes, Fatima Zohra attendait sur son seuil, depuis une heure, depuis que la destinée de Dieu avait arraché Touhami à sa dernière étreinte.

Ils échangèrent un adieu discret, rapide, poignant... Les yeux de Touhami se voilèrent. Il enleva furieusement son cheval. Tout le *goum* le suivit, galopade échevelée, animée de grands cris joyeux, accompagnés des youyous déjà lointains des femmes.

Les mois s'écoulèrent, monotones, mornes pour Fatima Zohra esseulée, pleins de désillusion pour Touhami.

Au lieu de la guerre telle qu'il l'avait rêvée, telle

que la comprennent tous ceux de sa race, au lieu de mêlées audacieuses, de grandes batailles, au lieu d'escarmouches hardies, de longues marches à travers les *hammada* désolées, sur les pistes de pierre du Sud oranais.

Tantôt les *goum* escortaient les lents convois de chameaux ravitaillant les postes du Sud, tantôt ils se lançaient à la poursuite de *djiouch* insaisissables, de *harki*[1] qu'on ne joignait jamais... quelques rares fusillades, avec les bandits faméliques qui se cachaient, quelques captures faciles de tentes en loques, pouilleuses, hantées de vieillards impotents, d'enfants affamés, de femmes qui hurlaient, qui embrassaient les genoux des *goumiers* et de leurs officiers français, demandant du pain. Pas une bataille, pas même une rencontre un peu sérieuse. Une fatigue écrasante et pas de gloire.

Touhami s'ennuyait, il s'impatientait, souhaitant le retour aux étreintes de Fatima Zohra.

Un défilé aride sous un ciel gris, entre des montagnes en entablements rectilignes de roches noirâtres, luisantes. Quelques rares buissons de thuyas, de chevelures grises d'alfa. Un grand vent lugubre glapissait, dans le silence et la solitude. La nuit était prochaine, et le *goum* se hâtait, maussade, sous la pluie fine ; c'était la dure abstinence du *ramadan*, en route et par un froid glacial.

Tout à coup, une détonation retentit, sèche, nette, toute proche. Une balle siffla, l'officier cria : « Au trot ! » Le *goum* fila pour occuper une colline et se défendre. Une autre détonation, puis un crépitement continu, derrière les dentelures d'une petite arête

1. Bande armée ; expédition.

commandant le défilé. Un cheval tomba. L'homme galopa à pied. Un autre roula à terre. Un cri rauque, et un bras brisé lâcha les rênes d'un cheval qui s'emballa.

L'œuvre de mort était rapide, sans entrain encore, puisque sans action de la part des *goumiers*. Quand ils eurent abrité leurs chevaux derrière les rochers, les Ouled Smaïl vinrent se coucher dans l'alfa : enfin, ils ripostaient. Et ils tirèrent avec rage, cherchant à deviner la portée des coups, criant des injures au *djich*[1] invisible. Une joie enfantine et sauvage animait leurs yeux fauves : ils étaient en fête.

Touhami avait voulu rester à cheval, à côté de l'officier, calme, soucieux, qui allait et venait, songeant aux hommes qu'il perdait, à la situation peut-être désespérée du *goum* isolé. Il n'avait pas peur et les *goumiers* l'admiraient, parce qu'il était très crâne et très simple, et parce qu'ils l'aimaient bien.

Touhami, au contraire, riait et plaisantait, tirant à cheval, maîtrisant sa bête qui, à chaque coup, se cabrait, les yeux exorbités, la bouche écumante. Il ne pensait à rien qu'à la joie de pouvoir dire aux siens, plus tard, qu'il s'était battu.

— Mon lieutenant, tu entends les *mouches à miel*, qu'elles sifflent autour de nous !

Touhami plaisanta les balles, faisant sourire le chef. Il arma son fusil, visant dans un buisson qui semblait remuer... Puis, tout à coup, il lâcha son arme et porta ses deux mains à sa poitrine, se penchant étrangement sur sa selle. Il vacilla un instant, puis tomba lentement, s'étendant sur son dos, de tout son long, pour une dernière convulsion. Ses

1. Pilleur.

yeux restèrent grands ouverts comme étonnés, dans son visage très calme.

– Pauvre bougre !

Et le lieutenant regretta l'enfant nomade qui désirait tant se battre et à qui cela avait si mal réussi.

L'étalon noir s'enfuit dans la vallée où il sentait les autres chevaux.

Sous les voûtes basses, blanchies à la chaux, des lampes fumeuses répandent une faible clarté, laissant dans l'ombre les angles de la salle.

Des nomades vêtus de laines blanches, des *spahis* superbement drapés de rouge, des *mokhazni* en *burnous* noir s'alignent le long des murs, accroupis sur des bancs. Silencieux, attentifs, ils écoutent, ils regardent. Parfois, un œil s'allume, une paupière bat, le désir pâlit un visage.

La *rhaïta* bédouine pleure et gémit, tour à tour désolée, déchirante, haletante, râlant comme un spasme de volupté. Et, comme un cœur oppressé, le tambourin accélère son battement, devient frénétique et sourd... Des fumées de tabac, des relents de benjoin alourdissent l'air tiède.

Parée comme une épousée, tout en velours rouge et en brocart d'or, sous son long voile neigeux, Fatima Zohra danse, lente, onduleuse, tout en volupté. Ses pieds glissent sur les dalles, avec le cliquetis clair des lourds *khalkhal* d'argent, et ses bras frêles agitent, comme des ailes, deux foulards de soie rouge. La lueur douteuse des lampes jette des traînées de sang, des coulées de rubis dans les plis de la tunique de la danseuse.

Mais Fatima Zohra ne sourit pas. Elle est pâle, muette, et son regard est sombre. Elle danse, allumant les désirs de tous ces mâles, dont l'un sera son amant pour cette nuit. Mais, en elle, rien ne vibre, rien ne s'émeut. Un matin trouble de fin d'automne, sous la pluie, une troupe d'hommes en loques, montés sur des chevaux fourbus, a traversé, maussade et silencieuse, le village...

Et l'un d'eux lui a conté comment Touhami ould Mohammed est mort par une soirée néfaste de *ramadan*, dans un défilé désert du Moghreb[1] lointain.

1. Le pays situé à l'ouest, le Maroc.

Le Vagabond

Un matin, les pluies lugubres cessèrent et le soleil
se leva dans un ciel pur, lavé des vapeurs ternes de
l'hiver, d'un bleu profond.

Dans le jardin discret, le grand arbre de Judée
tendit ses bras chargés de fleurs en porcelaine rose.

Vers la droite, la courbe voluptueuse des collines
de Mustapha s'étendit et s'éloigna en des transparences infinies.

Il y eut des paillettes d'or sur les façades blanches
des villas.

Au loin, les ailes pâles des barques napolitaines
s'éployèrent sur la moire du golfe tranquille. Des
souffles de caresse passèrent dans l'air tiède. Les
choses frissonnèrent. Alors l'illusion d'attendre, de
se fixer et d'être heureux, se réveilla dans le cœur
du Vagabond.

Il s'isola, avec celle qu'il aimait, dans la petite
maison laiteuse où les heures coulaient, insensibles,
délicieusement alanguies, derrière le moucharabieh
de bois sculpté, derrière les rideaux aux teintes fa-
nées.

En face, c'était le grand décor d'Alger qui les
conviait à une agonie douce.

Pourquoi s'en aller, pourquoi chercher ailleurs le bonheur, puisque le Vagabond le trouvait là, inexprimable, au fond des prunelles changeantes de l'aimée, où il plongeait ses regards, longtemps, longtemps, jusqu'à ce que l'angoisse indicible de la volupté broyât leurs deux êtres ?

Pourquoi chercher l'espace, quand leur retraite étroite s'ouvrait sur l'horizon immense, quand ils sentaient l'univers se résumer en eux-mêmes ?

Tout ce qui n'était pas son amour s'écarta du Vagabond, recula en des lointains vagues.

Il renonça à son rêve de fière solitude. Il renia la joie des logis de hasard et la route amie, la maîtresse tyrannique, ivre de soleil, qui l'avait pris et qu'il avait adorée.

Le Vagabond au cœur ardent se laissa bercer, pendant des heures et des jours, au rythme du bonheur qui lui sembla éternel.

La vie et les choses lui parurent belles. Il pensa aussi qu'il était devenu meilleur, car, dans la force trop brutalement saine de son corps brisé, et la trop orgueilleuse énergie de son vouloir alangui, il était plus doux.

Jadis, aux jours d'exil, dans l'écrasant ennui de la vie sédentaire à la ville, le cœur du Vagabond se serrait douloureusement au souvenir des féeries du soleil sur la plaine libre.

Maintenant, couché sur un lit tiède, dans un rayon de soleil qui entrait par la fenêtre ouverte, il pouvait évoquer tout bas, à l'oreille de l'aimée, les visions du pays de rêve, avec la seule mélancolie très douce qui est comme le parfum des choses mortes.

Le Vagabond ne regrettait plus rien. Il ne désirait que l'infinie durée de ce qui était.

La nuit chaude tomba sur les jardins. Un silence régna, où seul montait un soupir immense, soupir de la mer qui dormait, tout en bas, sous les étoiles, soupir de la terre en chaleur d'amour.

Comme des joyaux, des feux brillèrent sur la croupe molle des collines. D'autres s'égrenèrent en chapelets d'or le long de la côte ; d'autres s'allumèrent comme des yeux incertains, dans le velours d'ombre des grands arbres.

Le Vagabond et son aimée sortirent sur la route, où personne ne passait. Ils se tenaient par la main et ils souriaient dans la nuit.

Ils ne parlèrent pas, car ils se comprenaient mieux en silence.

Lentement, ils remontèrent les pentes du Sahel, tandis que la lune tardive émergeait des bois d'eucalyptus, sur les premières ondulations basses de la Mitidja.

Ils s'assirent sur une pierre.

Une lueur bleue coula sur la campagne nocturne, et des aigrettes d'argent tremblèrent sur les branches humides.

Longtemps, le Vagabond regarda la route, la route large et blanche qui s'en allait au loin.

C'était la route du Sud.

Dans l'âme soudain réveillée du Vagabond, un monde de souvenirs s'agitait.

Il ferma les yeux pour chasser ces visions. Il crispa sa main sur celle de l'aimée.

Mais, malgré lui, il rouvrit les yeux.

Son désir ancien de la vieille maîtresse tyrannique, ivre de soleil, le reprenait.

De nouveau, il était à elle, de toutes les fibres de son être.

Une dernière fois, en se levant, il jeta un long regard à la route : il s'était promis à elle.

Ils rentrèrent dans l'ombre vivante de leur jardin et ils se couchèrent en silence sous un grand camphrier.

Au-dessus de leurs têtes, l'arbre de Judée étendit ses bras chargés de fleurs roses qui semblaient violettes, dans la nuit bleue.

Le Vagabond regarda son aimée, près de lui.

Elle n'était plus qu'une vision vaporeuse, inconsistante, qui allait se dissiper dans la clarté lunaire.

L'image de l'aimée était vague, à peine distincte, très lointaine. Alors, le Vagabond, qui l'aimait toujours, comprit qu'il allait partir à l'aube, et son cœur se serra.

Il prit l'une des grandes fleurs en chair du camphrier odorant et la baisa pour y étouffer un sanglot.

Le grand soleil rouge s'était abîmé dans un océan de sang, derrière la ligne noire de l'horizon.

Très vite, le jour s'éteignit, et le désert de pierre se noya en des transparences froides.

En un coin de la plaine, quelques feux s'allumèrent.

Des nomades armés de fusils agitèrent leurs longues draperies blanches autour des flammes claires.

Un cheval entravé hennit.

Un homme accroupi à terre, la tête renversée, les yeux clos, comme en rêve, chanta une cantilène ancienne où le mot *amour* alternait avec le mot *mort*...

Puis tout se tut, dans l'immensité muette.

Près d'un feu à demi éteint, le Vagabond était couché, roulé dans son *burnous*.

La tête appuyée sur son bras replié, les membres las, il s'abandonnait à la douceur infinie de s'endormir seul, inconnu parmi les hommes simples et rudes, à même la terre, la bonne terre berceuse, en un coin de désert qui n'avait pas de nom et où il ne reviendrait jamais.

Le Paradis des Eaux

Des négresses au corps mince et souple dansaient, baignées de lueurs bleuâtres.

Dans les visages très noirs, l'émail de leurs dents brillait en de singuliers sourires.

Elles drapaient leurs formes grêles en de longs voiles rouges, bleus ou jaune soufre qui s'enroulaient et se déroulaient au rythme bizarre de la danse et flottaient au vent, devenant parfois diaphanes comme des vapeurs.

Leurs mains sombres agitaient les doubles castagnettes en fer des fêtes soudanaises.

Tantôt les castagnettes battaient en une cadence sauvage, tantôt elles se heurtaient sans bruit.

Mais les négresses se détachèrent peu à peu du sol et flottèrent dans l'air. Leurs corps s'allongèrent, se tordirent, se déformèrent, tourbillonnant comme les poussières du désert aux soirs de sirocco. Enfin, elles s'évanouirent dans l'ombre des poutres enfumées, sous le plafond...

Les yeux du vagabond s'ouvrirent péniblement. Son regard erra sur les choses. Il cherchait les étranges créatures qui, quelques instants auparavant, dansaient devant lui.

Il les avait vues, il avait entendu leurs rires de gorge semblables à de sourds gloussements, il avait senti sur son front brûlant les souffles chauds que soulevaient leurs voiles.

Elles avaient disparu, laissant au vagabond le souvenir d'une angoisse inexprimable.

Où étaient-elles maintenant ?

L'esprit fatigué du vagabond cherchait à sortir des limbes où il flottait depuis des heures ou depuis des siècles, il ne savait plus.

Il lui semblait revenir d'un abîme noir où vivaient des êtres, où flottaient des choses subissant des lois différentes de celles qui régissent le monde de la réalité...

Le cerveau surchauffé du vagabond s'efforçait douloureusement de chasser les visions troubles.

Un grand silence pesait sur la *zaouïa* accablée de sommeil. C'était l'heure mortelle de midi, l'heure des mirages et des fièvres d'agonie. La chaleur s'épaississait sur les terrasses en *toub* incandescente et sur les dunes qui scintillaient au loin. On avait couché le vagabond malade sur une natte, dans un réduit donnant sur une terrasse haute. La petite pièce s'ouvrait toute grande sur le ciel de plomb et sur le désert de pierre et de sable qui brûlait sous le soleil.

Aux poutrelles de palmier du plafond, on avait suspendu une outre en peau de bouc.

L'eau s'égouttait lentement dans un grand plat en cuivre posé par terre. Toutes les minutes, la goutte tombait, résonnant sur le métal, avec un bruit clair et régulier, d'une monotonie de tic-tac d'horloge d'hôpital ou de prison.

Ce bruit causait au vagabond une souffrance

aiguë, comme si la goutte obstinée tombait sur son crâne en feu.

Accroupi auprès du malade, un esclave noir soudanais, aux joues ornées de profondes entailles, agitait en silence un chasse-mouches en crin teint au henné.

Le vagabond regardait l'esclave. Pendant des instants, longs comme des années, il imaginait la volupté qu'il éprouverait quand l'esclave aurait enlevé le plat, sur son ordre, et quand la goutte d'eau tomberait sur le sol battu, avec un bruit mat.

Mais le vagabond ne pouvait parler et la goutte tombait toujours, inexorable, sonnant sur le cuivre poli.

Mais les poutrelles du plafond s'évanouirent. Maintenant, c'étaient des palmes d'un bleu argenté qui se balançaient et bruissaient au-dessus de la tête du vagabond.

Autour des troncs ciselés des dattiers, sous les frondaisons arquées, des pampres très verts s'enroulaient et des grenadiers en fleur saignaient dans l'ombre.

Le vagabond était couché dans une *seguia*[1], sur de longues herbes aquatiques, molles et enveloppantes comme des chevelures de femmes.

Une eau fraîche et limpide coulait le long de son corps et il s'abandonnait voluptueusement à la caresse humide.

Une autre *seguia* coulait à portée de sa bouche. Parfois, sans faire un mouvement, il recevait l'eau glacée entre ses lèvres.

---

1. Canal d'irrigation.

Il la sentait descendre dans son gosier desséché, dans sa poitrine où s'éteignait, peu à peu, l'intolérable brûlure de la soif.

L'eau ! L'eau bienfaisante, l'eau bénie des rêves délicieux ! Le vagabond s'abandonnait aux visions nombreuses, aux extases lentes du *Paradis des Eaux*, où il y avait d'immenses étangs glauques sous des dattiers gracieux, où coulaient d'innombrables ruisseaux clairs, où des cascades légères ruisselaient des rochers couverts de mousses épaisses et où, de toutes parts, des puits grinçaient, répandant alentour des trésors de vie et de fécondité...

Quelque part, très loin, une voix monta, une voix blanche qui glapissait dans le silence.

Elle venait des horizons inconnus, à travers les verdures et les ombrages éternels du *Paradis des Eaux*. La voix troubla le repos du vagabond. De nouveau, ses yeux s'ouvrirent sur la petite chambre d'exil.

La voix s'affirma réelle, monta : l'homme des mosquées annonçait la prière du milieu du jour.

L'esclave dressa l'index noir de sa main droite et attesta tout haut l'unité de Dieu et la mission prophétique de Mohammed.

Puis il se leva, drapant son grand corps d'ébène dans ses voiles blancs.

Il pria. À chaque prosternation, sa *koumia*, son long poignard marocain à lame courbe et à gaine de cuivre ciselé, heurta le sol.

Il disait : « Dieu est le plus grand » et il se prosternait, le front dans la poussière, le regard tourné vers la *guebla*[1].

1. *Quibla* (« guebla » dans la prononciation rurale) : dans la direction de La Mecque, point où l'on doit se tourner pour faire sa prière.

Le vagabond suivait des yeux les gestes lents de l'esclave. Quand il eut fini de prier, le Soudanais reprit sa place auprès du malade et agita de nouveau le long chasse-mouches en crin.

Des vapeurs rousses montaient des terrasses qui se fendaient. Dans l'air immobile, lourd comme du métal en fusion, aucune brise ne passait, aucun souffle. Les vêtements blancs du vagabond étaient trempés de sueur et il sentait un poids écrasant oppresser sa poitrine.

Une soif brûlante, une soif atroce que rien ne pouvait apaiser, le dévorait. Ses membres étaient brisés et endoloris et sa tête lourde roulait sur le sac qui lui servait d'oreiller.

L'esclave trempa un lambeau de mousseline dans un vase plein d'eau et en humecta le visage et la poitrine du vagabond. Puis il versa dans sa bouche quelques gouttes de thé tiède à la menthe poivrée. Le vagabond soupira et étira ses membres las. La voix du *mueddine*[1] s'était tue sur le *ksar* accablé de chaleur.

L'esprit du vagabond plana de nouveau dans les régions vagues peuplées d'apparitions étranges, et où coulaient les eaux bénies...

Le jour de feu s'éteignait dans le rayonnement immense de la plaine et des collines.

Au-delà des *sebkha*[2] de sel, les dattiers s'allumèrent comme de grands cierges noirs. De nouveau, le

1. *Moueddhen* ou *muezzin* : celui qui appelle à la prière.
2. Marécage salé, parfois temporairement asséché, qui occupe le fond d'une dépression dans les régions désertiques.

mueddine clamait son appel mélancolique. Le vagabond était tout à fait réveillé maintenant.

Les yeux aux paupières meurtries et alourdies s'ouvraient avidement sur la splendeur du soir.

Soudain, une tristesse infinie descendit dans son cœur. Des regrets enfantins l'envahirent. Il était seul, seul dans ce recoin de la terre marocaine et seul partout où il avait vécu, partout où il irait toujours.

Il n'avait pas de patrie, pas de foyer, pas de famille, ni même d'amis. Il avait passé comme un étranger et un intrus, n'éveillant que la réprobation et l'éloignement.

À cette heure, il souffrait loin de tout secours, parmi les hommes qui assistent, impassibles, à la ruine de tout ce qui les entoure et qui se croisent les bras devant la mort, la maladie, en disant : *Mektoub*.

Sur aucun point de la terre, aucun être humain ne songeait à lui, ne souffrait de sa souffrance.

Le cœur du vagabond se serra affreusement et des larmes roulèrent dans ses yeux.

Puis, plus lucide, calmé, il méprisa sa faiblesse et sourit. S'il était seul, n'était-ce pas parce qu'il l'avait souhaité, aux heures conscientes où sa pensée s'élevait au-dessus des sentimentalités du cœur et de la chair également infirmes ?

Être seul, c'est être libre, et la liberté était le seul bonheur accessible à la nature du vagabond. Alors, il se dit que sa solitude était un bien, et une grande paix mélancolique et douce descendit dans son âme.

Un souffle chaud se leva vers l'ouest, un souffle de fièvre et d'angoisse.

La tête déjà lasse du vagabond retomba sur l'oreiller.

Son corps s'anéantissait en un engourdissement presque voluptueux. Ses membres devenaient légers, flous, comme s'ils avaient peu à peu cessé d'exister.

La nuit d'été, sombre et étoilée, tomba sur le désert. L'esprit du vagabond quitta son corps et s'envola pour toujours vers les jardins enchantés et les grands bassins bleuâtres du *Paradis des Eaux*.

Appendices

Éléments biographiques

1858. Mariage à Moscou de Natalia Nicolaïevna Eberhardt et de Pavel Karlovitch de Moerder, général de l'armée du tsar d'origine allemande, de quarante et un ans son aîné. Le couple aura six enfants.

1871. En raison de l'état de santé de son fils Nicolas, départ pour la Suisse de Mme de Moerder enceinte et de trois de ses enfants accompagnés de leur précepteur, Alexandre Trofimovski (les deux filles aînées sont restées en Russie avec leur père). Augustin naît à Montreux à la fin de l'année.

1873. Mort du général de Moerder qui n'a pas revu sa famille depuis son départ pour la Suisse.

1877. Naissance à Genève d'Isabelle Eberhardt, fille de Natalia de Moerder et d'Alexandre Trofimovski.

1879. Trofimovski fait l'acquisition d'un vaste chalet entouré d'un parc, la Villa Neuve, situé à quelques kilomètres de Genève, entre Vernier et Meyrin. Isabelle y grandit en compagnie de ses trois demi-frères, Nicolas, Wladimir et Augustin, et de sa demi-sœur, Natalia ; elle y reçoit une éducation décousue.

1883. Nicolas quitte la Suisse et s'engage dans la Légion étrangère ; il désertera l'année suivante et finira par regagner la Russie où il sera fonctionnaire.

1887. Natalia abandonne brusquement la maison en compagnie de son amant, Alexandre Perez-Moreyra, Français d'origine espagnole. Elle l'épouse quelques semaines plus tard sans le consentement de sa mère et ne reverra plus sa famille. Isabelle lit les romans de Pierre Loti et les récits de Lydia Pachkov, *globe-trotter* russe avec laquelle elle se liera plus tard d'amitié.

1894. Le frère préféré d'Isabelle, Augustin, fuit la Villa Neuve et s'engage lui aussi dans la Légion étrangère. Il est affecté à Sidi Bel-Abbès, en Algérie. Vers cette époque, la jeune fille se fait tirer le portrait habillée en Bédouin dans un studio de Genève. Elle prend l'habitude de s'habiller en homme.

1895. Publication des deux premières nouvelles : *Infernalia*, écrite en collaboration avec Augustin et signée N. Podolinsky, puis, dédiée à Loti, *Vision du Moghred* dans *La Nouvelle Revue moderne*. Isabelle fréquente les milieux anarchistes russes de Genève et noue un commerce épistolaire avec un ami d'Augustin, le jeune marin Édouard Vivicorsi, auprès duquel elle se fait passer pour un matelot du nom de Podolinsky.

1896. Augustin est réformé pour des raisons de santé et renvoyé dans sa famille. Il finit par se fixer à Marseille, où Isabelle le retrouvera régulièrement. La jeune fille traduit en langue arabe quelques poèmes de Pouchkine et les envoie au baron Rosen, professeur à la faculté des langues orientales de Saint-Pétersbourg. Celui-ci loue sa connaissance de la langue et l'invite à poursuivre la formation qu'elle se donne en autodidacte.

1897. *L'Athénée* publie des poèmes du Russe Simon Nadson, traduits en français par Isabelle et accompagnés d'une lettre signée Nicolas Podolinsky. Elle entre en contact avec l'exilé Abou Naddara, surnommé « le Molière égyptien », et engage avec lui une correspondance intellectuelle en arabe (elle signe Isabelle de Moerder), de même qu'avec un jeune Tunisien, Ali Abdul Wahab (elle signe Mariam, Meriem, Ni-

colas Podolinsky, Podol). En mai, Isabelle et sa
mère quittent la Suisse pour l'Algérie. Elles s'instal-
lent sur la côte, à Bône (Annaba), dans le Constantinois, et se convertissent à l'islam. Isabelle se lie avec
un jeune Arabe, Koudja : « C'est peut-être un grand
malheur pour moi mais ce n'est certes pas une action honteuse. J'ai fait don à cet homme de beaucoup plus que ne l'aurait fait une autre femme... Et
s'il n'a pas su ou pas voulu l'apprécier tant pis »
(lettre à Ali Abdul Wahab, 28 août). En novembre,
Natalia de Moerder meurt brutalement à l'âge de cin-
quante-neuf ans ; elle est enterrée dans le cimetière
musulman de la ville. La disparition de Mme de
Moerder plonge la famille dans d'interminables procès qui ne seront toujours pas réglés au décès d'Isabelle. De retour en Suisse, Isabelle répond à
l'annonce d'un journal dans laquelle un officier en
poste dans le sud de l'Algérie demande à corres-
pondre « avec une personne du monde, gaie et spirituelle ». Il s'agit d'Eugène Letord, avec lequel elle
nouera une solide amitié par lettres (elle signe Na-
dia) avant de faire sa connaissance à Alger en 1900.

1898. Collaboration à *L'Athénée*. Rédaction d'un roman,
Rakhil, dont seuls les premiers cahiers ont été retrou-
vés. Bref voyage à Tunis. Son frère Wladimir se suicide en avril. Rumeurs de mariage avec un jeune
diplomate turc, Rechid Bey.

1899. À la mort d'Alexandre Trofimovski, Isabelle quitte
la Suisse et part pour Tunis. En juillet, elle entame
un long périple en Algérie. Elle séjourne à Biskra,
pousse au sud jusqu'à El Oued puis entame le retour par Touggourt, El Meghaïer, Biskra et Batna.
Elle est de retour à Tunis en septembre et reprend
la route du Sahel tunisien peu après : « Une fois encore la vie bédouine facile, libre, berceuse m'a prise
pour me griser et m'assoupir (...). Ô ! la bienheureuse annihilation du moi, dans cette vie contempla-

tive du désert ! » (*Notes de route*). Elle voyage vêtue d'un costume de laine blanche, le crâne rasé coiffé d'un haut turban noué par des cordelettes en poil de chameau ; elle se fait passer pour un jeune *taleb* du nom de Si Mahmoud, Mahmoud ben Abdallah Saadi, Mahmoud ould Ali. Ses rapports avec l'autorité française sont tantôt difficiles, tantôt cordiaux. Généralement, son comportement intrigue ; son nom figure au nombre des personnes à surveiller.

1900. En janvier, Isabelle a regagné la Suisse et voyage en Europe. Elle se rend à Cagliari avec son amant du moment, Mohammed Rachid. « Pour la galerie, j'arbore le masque d'emprunt du cynique, du débauché et du je-m'en-foutiste... Personne jusqu'à ce jour n'a su percer ce masque et apercevoir ma *vraie* âme, sensitive et pure qui plane si haut au-dessus des bassesses et des avilissements où il me plaît, par dédain des conventions et, aussi, par un étrange besoin de souffrir, de traîner mon être physique... » (*Mes journaliers*, 1er janvier). Elle est à Genève en juin et note : « Aller là-bas, à Ourgla, au sein du grand océan de mystère qu'est le Sahara et m'y fixer (...). Une petite maison en *toub*, à l'ombre des dattiers. (...) Retourner en cette Thébaïde silencieuse... M'y créer une âme, une conscience, une intelligence, une volonté » (*Mes journaliers*, 27 juin). Déjà elle est à Marseille, puis à Alger, à Touggourt. En août elle se rend à El Oued. Elle y fait la connaissance de Slimène Ehnni, sous-officier musulman de nationalité française, dont elle partage bientôt la vie. Elle entre secrètement dans l'ordre soufi des Quadriya.

1901. À la fin du mois de janvier, Isabelle est blessée de plusieurs coups de sabre par un musulman d'une confrérie adverse qui est aussitôt arrêté. D'abord soignée à El Oued, elle rejoint ensuite son futur mari à Batna puis s'embarque pour Marseille en mai et y rejoint son frère Augustin qui s'est marié. Habillée en homme, elle travaille un moment comme arrimeur-poulier sur le port. En juin, elle est de retour en Algérie où elle assiste au procès de son agresseur. Il est condamné aux travaux forcés à perpétuité tandis qu'elle-même est expulsée d'Algérie. « La note dominante, c'est le désir (...) de revoir Slimène et de ne plus jamais le quitter, pour le garder jalousement, car enfin j'ai acquis la conviction que je n'ai plus que lui au monde et que la vie ne m'est plus possible loin de lui » (*Mes journaliers*, 3 juin). À Marseille, Slimène Ehnni la rejoint et l'épouse civilement en octobre ; Isabelle devient ainsi française. « Généralement, dans le monde moderne, faussé et détraqué, le mariage n'est jamais l'initiateur sensuel (...). Voilà bien en quoi notre mariage diffère tant des autres et indigne tant de bourgeois : pour moi, Slimène est deux choses – et sait instinctivement les être (...) : l'amant et le camarade » (*Mes journaliers*, 17 août).

1902. Retour du couple en Algérie en janvier. Nouveau séjour à Bône puis installation discrète à Alger, dans la *casbah*. Isabelle reprend ses voyages dans le désert. En mars, elle fait la connaissance de Victor Barrucand, rédacteur en chef de l'hebdomadaire franco-arabe *Akhbar*, le plus vieux journal de la colonie française ; fondateur de la Ligue des droits de l'homme en Algérie, il apportera à Isabelle un soutien indéfectible et sera son premier biographe. Il lui propose de travailler comme envoyée spéciale du journal dans le Sud algérien. Elle pousse jusqu'à Bou-Saâda et El Hamel. Elle rend visite à Lella Zineb, qui a pris la tête de la *zaouïa* à la mort de son père et qu'elle admire beaucoup.

1903. Retour à Alger. « Il ferait bon mourir à Alger, là, sur la colline de Mustapha, en face du grand panorama à la fois voluptueux et mélancolique, en face du grand golfe harmonieux à l'éternel bruissement de soupirs, en face des dentelures lointaines des monts de Kabylie... » (*Mes journaliers*, 9 janvier). À l'occasion d'un banquet offert à la presse en l'honneur du président Loubet, Isabelle Eberhardt exprime des positions anticoloniales. Elle est aussitôt l'objet d'une campagne de calomnies, ainsi que ses proches. En septembre, elle part pour Aïn Sefra, petite ville du sud de l'Atlas située non loin de la frontière marocaine. Elle rend compte des mouvements séditieux qui agitent la région et rencontre Lyautey, alors général en chef de la subdivision d'Aïn Sefra, avec lequel elle se lie d'amitié. Elle se rend à Beni Ounif.

1904. En mai, alors qu'elle a longuement parcouru le sud de l'Algérie, elle tombe malade et s'installe à nouveau à Aïn Sefra. Le 21 octobre, la ville est emportée par l'*oued* en crue. Isabelle Eberhardt meurt écrasée sous les décombres de sa maison. Elle a vingt-sept ans. Elle est enterrée dans le cimetière musulman de la ville.

1905. Publication posthume de notes de route rédigées pendant l'hiver 1903 : « Je me suis attachée à ce pays – cependant l'un des plus désolés et violents qui soient. Si je dois jamais quitter la ville grise aux innombrables petites voûtes et coupoles, perdue dans l'immensité grise des dunes stériles, j'emporterai partout l'intense nostalgie du coin de terre perdu où j'ai tant pensé et tant souffert » (*Sud oranais*). À l'occasion de cette publication, Lyautey écrit à Victor Barrucand : « Nous nous étions bien compris, cette pauvre Mahmoud et moi, et je garderai toujours le souvenir exquis de nos causeries du soir. Elle était ce qui m'attire le plus au monde : une réfractaire » (2 mai 1905).

1907. Slimène Ehnni meurt de la tuberculose.

Repères bibliographiques

Œuvres d'Isabelle Eberhardt

Dans l'ombre chaude de l'Islam, Arles, Actes Sud, « Babel »,
1996 [première édition : Victor Barrucand, 1921].

Écrits intimes : lettres aux trois hommes les plus aimés, éd. Marie-
Odile Delacour et Jean-René Huleu avec la collabora-
tion de Faïza Abdul Wahab, Paris, Payot, « Petite bi-
bliothèque Payot », 2003 [1991].

Notes de route. Maroc, Algérie, Tunisie, Arles, Actes Sud, « Babel », 1998 [première édition : Victor Barrucand, 1908].

Œuvres complètes : Écrits sur le sable. Tome 1 : *Récits, notes et
journaliers*, éd. Marie-Odile Delacour et Jean-René Huleu, Paris, Grasset, 1988 [première édition de *Sud oranais* : Victor Barrucand, 1905 ; première édition des
Journaliers : René-Louis Doyon, 1923] ; *Écrits sur le sable*.
Tome 2 : *Nouvelles et roman*, éd. Marie-Odile Delacour et
Jean-René Huleu, Paris, Grasset, 1990 [ces textes sont
disponibles séparément, en format poche, aux Éditions
Joëlle Losfeld].

Ouvrages généraux

BENAMARA, Khelifa, *Isabelle Eberhardt et l'Algérie*, Alger, Éditions Barzakh, 2005.

CHARLES-ROUX, Edmonde, *Isabelle du désert*, Paris, Grasset, 2003 [cette biographie de référence compte plus d'un millier de pages et deux cahiers d'illustrations].

DELACOUR, Marie-Odile et HULEU, Jean-René, *Sables : le roman de la vie d'Isabelle Eberhardt*, Paris, Liana Levi, 1986. *Isabelle Eberhardt ou le Rêve du désert*, photos de Jean-Luc Manaud, Paris, Éditions du Chêne, 2004.

DÉCOUVREZ LES FOLIO 2 €

« FEMMES DE LETTRES »
Série conçue et réalisée par Martine Reid
Parutions de mars 2008 :

Madame d'AULNOY   *La Princesse Belle Étoile et le prince Chéri*
Marie-Catherine Le Jumel de Barneville (1650-1705), baronne d'Aulnoy,
a connu une vie romanesque avant de jouir d'une grande notoriété grâce
à la publication de romans, de récits de voyages et de contes de fées. Elle
est la première grande figure de la lignée des femmes conteuses.

Isabelle de CHARRIÈRE   *Sir Walter Finch et son fils William*
Isabelle de Charrière (1740-1805), musicienne et compositrice, est l'auteur
de romans, de pièces de théâtre et d'essais ainsi que d'une abondante correspondance. Sous la forme d'un journal fictif, *Sir Walter Finch et son fils
William* raconte l'éducation d'un jeune garçon par un père acquis aux
idées des Lumières.

Isabelle EBERHARDT   *Amours nomades*
Isabelle Eberhardt (1877-1904) fut pendant quelques années une voyageuse infatigable, mêlant son existence à celle des peuples de l'Algérie, du
Maroc et de la Tunisie auxquels elle vouait une véritable passion. Con-
vertie à la religion musulmane, elle mourut à vingt-sept ans, laissant une
œuvre littéraire entièrement consacrée au monde qu'elle avait fait sien.

Flora TRISTAN   *Promenades dans Londres*
Contemporaine de George Sand, grand-mère de Paul Gauguin, Flora
Tristan (1803-1844) est l'une des premières figures féministes et socialistes
de son temps. Sous le titre *Promenades dans Londres*, elle a dressé en 1840
un portrait sévère des conditions de vie des habitants de la capitale an-
glaise.

Déjà parus dans la même série

Simone de BEAUVOIR   *La Femme indépendante*

Madame CAMPAN   *Mémoires sur la vie privée de Marie-Antoinette*

Madame de GENLIS   *La Femme auteur*

George SAND   *Pauline*

Elsa TRIOLET   *Les Amants d'Avignon*

Renée VIVIEN   *La Dame à la louve*

Composition Nord Compo
Impression Novoprint
à Barcelone, le 12 février 2008
Dépôt légal : février 2008

ISBN 978-2-07-034773-5 / Imprimé en Espagne.

152413